illustration©TSUKASA ARISUE
天使な後輩
ウザ可愛い妹
JN230526

夢のラブホデート
嬉しいでしょ？

天使な後輩が妹になったらウザ可愛い

鏡　遊

illustration◎有末つかさ

美少女文庫
FRANCE SHOIN

天使な後輩が妹になりました。

「せんぱーい、一緒に帰っていい？」

敬太(けいた)は、声をかけられる前から彼女の接近に気づいていた。

放課後の廊下は、行き交う生徒が何人もいて、話し声もやかましい。

それでも、彼女が近づいてくる軽やかな足音は、不思議と敬太の耳によく響くのだ。

「ああ、俺はかまわないけど、友達と一緒じゃなくていいのか？」

敬太は振り向いて、駆け寄ってきた少女に答える。

明るい茶色の髪を白いリボンで結び、ツーサイドアップにした小柄な少女だ。

コロコロと笑っている顔は、目が大きくてよく整っている。

白いブラウスの上に、袖が余り気味のセーターを着て、下はグレーのプリーツスカート。丈は短く、まぶしい白い太ももが見えている。

身長は百五十センチちょっとだが、セーターを押し上げる胸はその小柄な身体に似合わず大きい。

たたたっと軽やかに駆けてくるだけで、上下にぷるんぷるんと揺れるくらいだ。

校内では、ＦかＧくらいあるのではと囁かれている。

古い言葉では、トランジスタグラマーというらしい。今時なら、ロリ巨乳というだろうが。

「たまには、ケータ先輩と一緒に帰りたいなーって。みんなも、先輩に可愛がってもらっておいでって言ってたよ」

「那月、同級生にまで後輩扱いされてねぇ？」

「あはは、まっさかー」

一ミリもそんなことを思っていないという顔で、彼女は笑う。

佳和那月――敬太にとっては一学年下の一年生。

後輩なのに完全にタメ口だが、敬太は体育会系ではないし、上下関係にこだわるタチでもないから特に気にしていない。

今は十月で、彼女が入学してから半年ほどが経過している。

夏服から冬服への衣替えが済んだばかりだ。薄着の夏服姿も可愛かったが、那月はだぶっとしたセーターを着た冬服のほうがよく似合う。

　この制服姿が可愛い後輩は、すっかり敬太になついている。

　毎日とはいかないが、頻繁に敬太と一緒に帰りたがってついてくるのだ。

「むしろ、先輩がわたしを後輩扱いしすぎなんだよ。たった一つ下なだけなのに、たまにちっちゃい子をあやしてるみたいにも見えるもん」

「実際、ちっちゃいじゃねぇか、いろいろと」

　敬太は、那月の頭をぽんぽんと叩く。

　特に敬太も背が高いほうではないのだが、那月が小さすぎるせいでちょうど叩きやすい位置に頭がある。

「あうー、髪が乱れる。この髪型、セットが難しいのに」

「この髪型も小さい子扱いされる原因じゃないのか？」

　ちっこくて可愛い那月には、ツーサイドアップの髪型はよく似合っているのだが、やや子供っぽくはある。

「じゃあ、思いきって大人っぽいショートとかにしちゃおうかな」

「それはダメだろ。俺が許さん」

「ケータ先輩は、わたしのなんなの⁉」

　むろん、ただの先輩だ。だが、敬太はこの可愛い後輩に無理に背伸びしてほしくない。今がちょうどいい可愛さなのだ。

「でも、ケータ先輩がダメって言うなら切らないよ。しばらくこれでいくね」

「そうしてくれ」

敬太と那月は、髪型についてしばらく議論を交わしつつ、学校を出た。

途中でコンビニコーヒーを買う。敬太はブラック、那月はミルクと砂糖をたっぷり。

ちょっと前まではアイスコーヒーだったが、最近はホットと半々くらいだ。

二人が一緒に帰宅するときは、いつもこうして飲み物を買い、近くの公園で適当にダべることにしている。

公園は高台にあり、並んで長い階段を上がっていく。

二人とも帰宅部で、特に敬太はあまり運動は得意ではない。一方、那月は運動神経が発達していて、小さい身体に似合わず体力もあるほうだ。

「せんぱい、先輩、遅いよ。もっと頑張って」

「別に急いで上がらなくても公園は逃げねぇだろ」

那月はなにが楽しいのか、大はしゃぎで階段を上がっている。

制服のプリーツスカートが、俺の前でぴらぴらと揺れている。白い太ももの奥が、ちらちら見えそうでいて、暗くてよく見えない。

那月は無防備なところがあって、敬太はたまにヒヤヒヤさせられる。

「なあ、那月。前にも言ったが、もう少しスカートの丈を、その……」

「は？　なに——って、きゃっ」

と、敬太が言いよどんだところでひゅっと風が吹いて、プリーツスカートの裾が大きくめくれ上がった。

純白のパンツと、小ぶりでありながらぷりんと柔らかそうな尻が一瞬見えた。

「ぎゃーっ！」

那月が慌ててスカートの裾を押さえたので、本当にちらりとしか見えなかった。まさにパンチラだった。

「み、見た……よね？」

「てっきり猫のバックプリントとかかと思ったら。普通に可愛いのはいてたな」

「めっちゃはっきり見られてる……」

ううっ、と那月が顔を真っ赤にして睨んでくる。

敬太も冗談を言ってはみたが、平静ではいられない。この可愛い後輩のパンツの威力は、なかなかだった。

「むー……まあ、ケータ先輩ならいいよ。優しいわたしが許してあげちゃう」

「そりゃどうも」

許してもらえるなら、写真も撮っておけばよかった、などと敬太はろくでもないことを考える。

那月は、一年生で一番人気の美少女だ。そのパンチラを拝めるほど油断してくれるのは、敬太の前くらいだ。

那月は人前ではガードが堅い——彼女の友人から、そう聞いたことがある。

「しかし那月、毎回砂糖とミルクたっぷり入れてるけど、よくそんな甘ったるいの飲めるな」

階段を昇りきったところで、敬太は言った。

「ケータ先輩こそ、ブラックとか大人ぶっちゃって。そんなの飲んで大丈夫？」

「コーヒーは余計なもの入れないのが美味いんだよ」

敬太は答えて、定位置になっているベンチに座った。

高台の公園なので、街を一望できる。見慣れた景色だが、学校が終わったあとの解放感をここで味わうのが好きだった。

「ホントかなあ……先輩、ちょっと一口ちょうだい」

「あ、こら」

那月は、ぱっと敬太のカップを手に取ると一口飲んだ。

「……うっ、苦（にが）っ！　げほっ、ごほっ、ごほっ！」

「そんなオチがわかりきったことするなよ……」

敬太は、むせている那月の小さな背中を撫でながら、取り戻したコーヒーを飲む。

「ごっ、ごほっ……せ、先輩……それ、間接キス……！」

「……あ、悪い……って、俺が謝ることか？」

那月は、まだむせながら再び顔を真っ赤にしている。じろっと敬太を睨んでいるようにも見える。

パンチラを見ても笑って許してくれるくせに、間接キスで怒られるのもおかしな話だ。

「ま、まあケータ先輩ならそれも許しましょう」

那月は小さく咳払いしてから、笑いながら言った。

「なにしろ、先輩はわたしの恩人だから」

「…………」

恩人、というのは那月がことあるごとに口に出す言葉だ。

当の敬太は、恩を感じてもらうことをしたとは思っていない。

那月は見てのとおり、明るくて優しい性格の少女だ。

だが、なにを間違えたのか、入学直後に友達作りに失敗してしまった。

学園生活というのは、最初が肝心だ。そこでミスってしまうと立て直しが難しい。

敬太自身、入学直後に何人かのグループに入ったが上手く馴染めず、すぐに疎遠になってしまい、他のグループも既にメンバーが固定されていてしばしボッチを味わってしまったのだ。

敬太はその後、運よく新しい友達と仲良くなれたが――

その一年後、昼休みに中庭でぼんやりしている少女を見つけた。彼女の姿が、敬太には新入生だった頃の自分を思い出させた。

敬太は彼女に話しかけ、佳和那月という名前とクラスを知った。

自分のクラスの友人たちに頼んで、そのツテで那月と同じクラスの女子からコミュ力の高そうな子たちを探し出した。

その中に、那月を気にしている後輩たちが何人かいた。

敬太はその後輩たちに、那月に話しかけてもらうように軽く頼んだだけだ。

那月も、「余計なお世話」などと反発するような可愛くない性格でもなく、話しかけてくれたクラスメイトたちと仲良くなった。

裏で動いていた敬太にも素直に感謝を示し――その後、すっかりなつくようになったというわけだ。

「別に恩とか気にしなくていいのにな」

「ふふ、そうだよね。先輩ならそう言うよね」

とん、と那月の太ももが敬太の足に当たる。

那月の太ももは剝き出し、敬太のほうはズボン越しだが――それでも彼女の太ももの柔らかさや弾力がはっきりと伝わってくる。

「確かにもう恩とか関係ないかも。先輩といるの楽しいもん」

「……俺なんて、別に面白くないだろ」

「さて、どうかな～？」

那月はニコニコ笑って、敬太の目を覗き込んでくる。

くそっ、可愛い。本当に那月は可愛すぎる。

敬太はなぜか悔しささえ感じてしまう。ボッチだった那月を助けたときは、下心は特になかった。

可愛いことは最初からわかっていたが、こんな美少女に子犬みたいになつかれては男としてはたまらないものがある。

それを那月はわかっているのか、いないのか、無邪気に距離を詰めてくる。

パーソナルスペースが狭いのかとも思ったが、他の友人たちと一緒にいるところを見た限りでは、そんなに他人との距離が近いわけでもない。

ましてや、男子となれば敬太以外と話しているところも、ほとんど見かけない。

もしかして、こいつ俺のこと――？

お年頃な敬太が意識してしまうのもやむを得ないだろう。

「先輩がどう思ってるにしても、わたしが先輩と一緒にいるのが好きだっていうのはマジだよ」

「そりゃどうも……」

後輩は無邪気にこんなことを言うので、敬太は余計に意識してしまう。

佳和那月は、ボッチ状態を脱して以来、一年生では——いや、学校で一、二を争う人気者らしい。

これだけ可愛くて、性格も明るく優しいのだから当然だろうが。

正直なところ、チャンスさえあれば敬太は那月を——そんな夢を見ることも珍しくないほどだ。

今夜は、パンチラと太ももの感触でかなり楽しめそうだ。

那月の笑顔を見ていると、そんなことに彼女を使っていいのか後ろめたくなるが、敬太も健康な男子。

美少女な後輩を可愛がるだけでは終われない。欲望というものを彼女の前で抑えるだけで精いっぱいなのだ。

いや、もう限界——

「んー？　先輩、どうしたの？　わたしの顔、じっと見て。え、なんかついてる？」

「そうじゃないが……」

「もう、わたしの顔なんて見飽きてるんじゃない？」

「そんなわけあるか。飽きるようなものでもないだろうよ」

放課後に会うだけではなく、毎晩のように那月の顔を思い出して、せっせと使わせてもらっている。飽きる気配は微塵もない。

敬太は、もっと顔を見せてほしいくらいだった。天使のように可愛い、この後輩の顔をもっと――

「……おっ」

「わっ」

敬太と那月が、同時に声を上げた。

「び、びっくりした。スマホだ。先輩、ちょっとごめんね」

「ああ、こっちも」

敬太は制服のポケットからスマホを取り出す。メールが届いていた。

発信者は父親だった。父親からのメールは珍しくない。電話が苦手な父は、必要な連絡はメールで送ってくることが多い。

「んん……？」

だが、このメールの内容は――直接でも電話でもなく、文字で送ってくるようなことでもないのではと首を傾げるものだった。

敬太は幼い頃に母を亡くし、父に男手一つで育てられてきた。

その父から――

「『再婚……？』」

またもや、敬太と那月が同時に声を上げていた。

「…………っ!?」

二人は思わず顔を見合わせる。

次の瞬間、新たなメッセージがスマホに着信する。

「お相手は……佳和皐月……？」

「は!? それって……わ、わたしのお母さんの名前なんだけど……！」

しーん、と二人は黙り込んでしまう。

父親が再婚――それは別にいい。親の再婚に反対するような子供でもない。

かなりの大事だが、祝福すべき出来事だ。

ただ、その再婚の相手が――

「あ、あはは……どうしよう、先輩？」

「どうしようって……」

どうやら、世の中には信じられない偶然というものがあるようだ。

敬太も、ただ笑うことしかできなかった。

新米義妹には秘密がある

「それじゃあ、戸締まりと火の元には充分気をつけるんだぞ」

「わかってるって」

敬太は何度目かの同じ注意に苦笑しながら手を振った。

玄関に立っている父親はさらにくどくどと注意をしてから、大きなトランクを手に出ていった。

「ふう……やっと行ったか。飛行機に遅れなきゃいいけどな」

敬太はゴキゴキと首をほぐしながら、自室に戻る。

父親からの衝撃の再婚発言から十日後——

今のところ、敬太の生活に大きな変化は訪れていない。

父親と、新たな母親となった人は式を挙げずに籍を入れただけで済ませた。

もちろん、親たちとその子供たちは既に顔合わせしている。

といっても——子供たちはとっくに面識があったわけだが。

「まあ、まさかお互いの子供が知り合いだとは思わないよなあ」

敬太は、部屋のベッドに寝転がり、また苦笑いしてしまう。

父親の再婚相手——その連れ子は、他でもない佳和那月だった。

顔合わせの場所となったレストランで、敬太は那月と一緒に笑ってしまった。

レストランで会う前から、互いの親が結婚することはわかっていたのだが、あらためて驚かざるを得なかった。

驚きすぎて、また笑うしかなかった。

親たちの間では、とっくに話はまとまっていた。

式は挙げない。父親の——敬太の家のほうに佳和家の二人が引っ越してくる。

敬太は親たちが決めたことに特に反対はしなかった。父親は男やもめが長いし、幸せを邪魔しようとは思わない。

むしろ、式くらい挙げればいいと思ったくらいだ。もっとも、それも本人たちが決めることなので、強いて勧めはしなかった。

ただ、再婚した二人になにもないというのも寂しいので、新婚旅行に出かけることになった。

言うまでもなく、子供たちはついていかない。

親たちは一ヶ月の長期休暇を取り、ヨーロッパをゆっくり回ってくるそうだ。

敬太も那月も特に文句は言わなかった。親がいなければ生活もままならないような子供でもない。

「まさか、那月が義妹になるなんてなあ……」

父子家庭などは珍しくもないし、敬太の人生は平凡そのものだった。

その平凡な敬太には、家族が二人も増えるのは人生が変わるほどのビッグイベントだ。

まったく見知らぬ相手が義妹になるよりは、よっぽどいいかもしれない。

しかし、那月が家族になったということは――

彼女がどんなに可愛くても――

「う、うーん……」

もしかしたらあり得たかもしれなかった可能性は、完全に潰れたわけだ。

那月は、可愛い後輩から可愛い義妹にチェンジ。

可愛い後輩が、もしかすると敬太の初めての彼女になってくれるかも――などという淡い期待は粉々に打ち砕かれた。

「でも、これからは家に帰ってきたらあいつがいるってことだよな……」

天使のように可愛い那月が、家にいて「おかえりなさい」と言ってくれる。これはこれで悪くない――いや、ひょっとすると最高かもしれない。

彼女になってもらえるかもなんて淡い期待ではなく、確実に訪れる未来なのだ。

「あー、マジでこれはいいかも」

義妹になっても、那月が可愛いことに変わりはない。

身の丈に合わない高望みをするより、これから那月と一緒にいられることを喜べばいいのだ。

那月のほうも喜んでくれていれば、言うことはない。

「ま、そのお楽しみももうちょっと先だけどな」

敬太の家には空き部屋があったので、そこを那月の部屋にする予定だ。

ベッドと机と、最低限必要なものは早くも買い揃えて、部屋に運び込まれている。

しかし、那月が引っ越してくるのは両親が新婚旅行から帰ってきてからだ。それはそうだろう、十日やそこらで引っ越しができるわけもない。

母親と一緒に引っ越してくれれば、省ける手間もあるだろう。

「ふわ……」

敬太は、眠気を覚えた。今日は日曜なのに、朝早くから父親の旅行の準備を手伝わされていたせいだ。

今は、昼を過ぎたあたり。少し昼寝をするのもいいだろう。

「……そういえば、那月も家で一人なのか」

敬太は一人でもまったく問題ないが、那月は女の子なのだから不安もあるかもしれない。

あとで電話の一つもしておいたほうがよさそうだ。

今日からは義兄(あに)なのだから、可愛い義妹に気遣いくらいはしなければ。

那月の笑顔を思い浮かべながら、敬太はゆっくり眠りに落ちる――


「ん……」

なにかを感じて、敬太は目を覚ました。

物音――いや、人の気配だった。敬太の家はずっと父親との二人暮らしで、その父も夜遅くに帰ってきて、朝早くに出かける生活だった。

この家では、敬太が自分以外の人間の存在を感じることなどほとんどない。

たまに友人が遊びに来ると、この家に他人がいることに違和感があるくらいだった。

「……って、なんだ!?」

父親は、ついさっき新婚旅行に送り出したばかりだ。忘れ物をして戻ってきたなんてこともないだろう。

まさか、泥棒——!?

と、急速に眠気が消え、敬太は起き上がろうとして——

目の前にパンツがあった。

びっくりするくらい真っ白なパンツだった。ワンポイントのピンク色のリボンがついている。

「やっと起きたぁ♥」

「……な、那月?」

ベッドの上——敬太の頭の上にまたがるようにして、制服姿の那月が座っていた。

なにを思ったのか、那月はミニスカートの裾をつかんでめくり、パンツを敬太の顔にくっつきそうなほど近づけている。

「なんで……日曜なのに制服なんだ?」

「最初のツッコミがそれ?　やっぱりケータ先輩は面白いなあ」

那月は、くすくすと笑っている。

可愛いのだが——なんだか邪悪なオーラが。

「そりゃ、制服が学生の正装だもん。初めて、これから暮らすお家にご挨拶に行くんだから、制服着てくるのは当然だよね」

「な、なるほど……？」

納得できるような、できないような。敬太は戸惑って——はっと気づく。

「って、なんでいきなりパンツ見せてるんだ!?」

「ずっと、わたしのパンツに興奮してたんでしょ？　これからはずっと、わたしのパンツで起こしてあげるよ」

那月は、くすくす笑いのまま、さらに腰を前に振るようにしてパンツを見せつけてくる。

あまりに近すぎて、パンツの布地の向こうまで透けてしまいそうだ。

もちろん、何度も那月のパンチラを見てきたが、中身のほうまでは一度も見ていない。

ピンクのリボンがついた可愛いパンツの向こうにあるものを想像して、敬太はごくりとつばを飲み込む。

「マジでガン見してる……ひひひー、こんなに興奮するなら、間違いなく起きられそうだね」

那月は、さらに大きくスカートをめくった。スカートの中に差し込まれた白いブラウスまで見えてしまう。

「よかったね――お兄ちゃんぃぃぃぃ」

「…………っ⁉」

そんなことを、那月は小悪魔のような顔で言った。

敬太の頭は、混乱している。

お兄ちゃん？　いや、確かに兄になったわけだが、なぜ突然にお兄ちゃん呼びなんだ？

それに、なぜパンツ？　どうして那月がパンツを見せつけてくる？

たまに見る那月のパンチラに興奮していたかと言われたら――もちろん興奮していた。いつまでも見ていられるエロさだった。

しかし、パンチラを見られるたびに恥ずかしそうにしていたはずだ。少なくとも、敬太が知っている天使のような後輩は。

間違っても、みずからスカートをめくって見せつけるようなマネはしない。

「お、おまえはいったいなにを言って……なにをしてるんだ？」

「とか言いつつ、わたしのパンツ、めっちゃガン見してるじゃん？　やーん、お兄ちゃんってば、えっちー」

「…………っ！」

敬太はとっさに逃げようとするが、那月にまたがられているので動けない。下手に動けば、彼女がひっくり返ってしまいそうだ。

「な、那月。いいから、ちょっとどいてくれ。これじゃ動けないだろ」

「うーん？　ホントにどいていいの？　もっと見たいくせに。なんなら、もっとすんごいところまで……♥」

那月はスカートをめくり上げていた片手を離して、スカートの中に手を入れる。それから、白いパンツをゆっくりと下げ始めて——

少女のその部分が少しずつあらわに——

「待て待て、だからやめろって！」

「きゃんっ♥」

思わず敬太が起き上がると、那月はぽてんとベッドに倒れ込んだ。

ひっくり返ったので、さっきよりも大きくスカートがめくれて、脱げかけていたパンツも丸出しだ。

「もー、ひどいな、先輩。落っこちたらどうする気だったの？」

「落ちなかっただろ。いいから、スカートを直せ、スカートを！」

「もうー、もっと見たいくせに無理しちゃって♥」

那月はニヤニヤしながら、それでもスカートの裾を掴んで戻した。ようやく、魅惑の純白パンツが敬太の視界から消えてくれた。

少し——いや、だいぶ惜しい気はするが。

「そ、それでおまえはなんで……挨拶とか言ったか？」

「はいっ♥　この前、レストランで顔合わせはしたけど、両親がいたらちゃんと話ができないよね」

「確かに、親たちばかりしゃべってたが……」

敬太の父親は那月に、那月の母親は敬太にばかり話しかけていて、意外と子供同士ではほとんど話はしなかった。

もっとも、元から知り合いである敬太と那月があらためて話をする必要もなかったのだが。

「そういうわけで……来ちゃった♥」

「来ちゃった、じゃないだろ！　挨拶は感心だが、なんで俺にパンツ見せつけてたんだよ⁉」

「同じ質問しなくても。義妹になったんだから、これくらいのサービスはするってことだよ」

「義妹にそんな義務ないだろ⁉」

「那月ちゃん義妹バージョンにはあるんだよっ。ちらっ♥」

「…………っ！」

ベッドに座ったまま、那月はまたスカートをめくって白いパンツを見せてきた。

あらためて見ても、エロい。めくり加減が絶妙というか、丸出しというわけではなく、ちらっと見えるくらいに留めているのが逆にエロい。

「だ、だから、やめろって言ってるだろ！」

「本当にやめちゃっていいの？　そんなにガン見してるくせに。だいたい、これまでだって何度も見てきたでしょ、わたしのパンツ」

「そ、それは全部アクシデントだろ！」

少なくとも、敬太や那月自身がスカートをめくっていたわけではない。

あくまで風などの自然条件や、階段などでの高低差が原因だ。

「お兄ちゃん、実はすんごい興奮してたんでしょ？　わたしのパンチラ見た夜は、罪のないティッシュをどんだけゴミ箱に葬り去ったのぉ？」

「ティッシュって！　おまえ、品がないぞ！」

那月は、そんな生々しい下ネタを言うキャラではなかったはずだ。

俺の天使はどこ行った――敬太は今さらながら思った。

「那月……おまえ、もしかして学校では猫かぶってたのか？」

「んー、どっちかっつーと内弁慶？」

「こんなタチの悪いのも内弁慶っていうんだろうか……ほとんど二重人格じゃねぇか」

「そんな大げさなもんじゃないよ。ま、こっちが素のわたしかな。気づかなかったっしょ？」

「気づくか、そんなもん！」

那月を天使のように思っているのは、敬太だけではない。

おそらく那月の周りの友人たちも微塵も正体に気づいていないだろう。

「ま、いいじゃん。これから家族になるんだから、わたしも正体隠してるのは疲れるし。ちゃっちゃと自分からバラしちゃったってわけ♥」

「なんか楽しそうだな、オイ」

どうも那月は、敬太を驚かせて楽しんでいるようだった。

「で、今日はこれから家族になる義妹のパンツ見たんだから、最高記録イケちゃうかな。ゴミ箱がティッシュで溢れちゃうね。でもさー、実は具体的にどうやってオカズを使うのか知らないんだよね、わたし。お兄ちゃん、義妹に教えてほしいな？」

「教えるか！」

那月は敬太のツッコミにも動じず、頬を赤らめて興味深そうに見つめてきている。

なんだか、那月のほうこそ興奮しているような。

「というか、そもそもお兄ちゃんってなんだ、お兄ちゃんって?」

「えー、だってもうウチのママとそっちのパパさんは籍を入れたんだよ? だから正式に、わたしはもう義理の妹なんじゃん?」

「それはそうだが……いきなり〝お兄ちゃん〟って」

「いきなり義妹になったのも事実でしょ? これからずーっとお家で一緒なのに、先輩っていうのも変だし?」

「家で一緒って……引っ越してくるのはまだ先だろ?」

「ううん、今日からここに住ませてもらうよ。ママの許可はもらったから」

「な……なにぃーーーーーっ!」

これから、両親は一ヶ月かけた長期の新婚旅行に出かけるというのに。

ついこの前まで、可愛い後輩だった女子が義妹になって、しかも二人きりで同居だと……!

敬太は、顔を赤らめてニヤニヤ笑っている那月の顔を見つめながら、完全にフリーズしてしまう。

とりあえず、敬太は逃げるように買い物に行った。

なにしろ父一人子一人の家庭で育ったので、ある程度の家事は自分でこなしてきた。

もちろん、食料や日用品の買い物も慣れたものだ。ポイントカードも貯めている。

「しかし、あいつマジなのか……?」

スーパーからの帰路、敬太はため息をついた。

これから那月と一緒の生活が始まるのはわかっていたとはいえ、二人きりというのは想定外だ。

親の許可が出ているのだから、後ろめたいことなどない……はずだが。

「ただいま……」

家に入り、そのままキッチンへ。

買ってきたものを冷蔵庫にしまい、ペットボトルのお茶を一杯飲む。

「あ、おかえりー。お買い物お疲れ様ー」

「……ずいぶんくつろいでるな、那月」

敬太がリビングに入ると、義妹とやらがソファに寝転がってスマホをいじっていた。

まだ制服姿のままで、ミニスカートが少しめくれて太ももが際どいところまで見えている。

「もうここがわたしのお家だし。これでも順応性は高いほうだよ?」

「その割に、入学してすぐは友達つくれてなかったじゃねぇか」

「でも、ケータ先輩が助けてくれたし。今は、ケータお兄ちゃんがいるから、新しいお家にもすぐに慣れました。もはや、実家のような安心感です」

「そりゃよかったな……」

敬太としてはもうちょっと遠慮してくれてもいいのだが、文句は言えなかった。

「ま、実際今日からここが実家だもんね。しかも家事もオールお任せで、だらだらしてるだけで自動的にご飯が運ばれてくるぅー！」

「自動じゃねぇよ、那月も少しは手伝えよ」

「言っておくけど、わたしの家事スキルは壊滅的だよ。しかも努力しなかったんじゃなくて、割と真面目に努力して普通レベルにすら到達しなくて、ママから『頼むからもうなにもするな』と泣いて頼まれたことすらあるんだよ？」

「絶望的な話をどうもありがとう」

どうやら、家事の負担は増えることはあっても減りそうにない。

「……洗濯くらいは自分でやれよ」

「え？　むしろ、わたしの服の洗濯が家事のご褒美になるよね？」

「なんでだよ!?　俺が大変なだけだろ！」

「可愛い義妹のいい匂いがする服……だけじゃなくて、パンツもブラも自分の手で洗えるんだよ？」

「残念ながら俺は女性下着は洗ったことないからな。そこはおまえに任せる」

「洗濯もずっとママに任せっきりだったから。わたし、お兄ちゃんが洗ってくれなかったら、ママが戻ってくるまでノーパンノーブラで学校行かなきゃ」

「…………っ！」

「あ、むしろお兄ちゃんはそのほうが嬉しいかな？　わー、義妹を下着無しで登校させる兄とか、マジ鬼畜ー♥」

「那月こそ、なんで嬉しそうなんだよ！　変態か、おまえは！」

「まさか。わたしはこれでも慎み深いんだよ？　あ、そうだ。お兄ちゃんが買い物行ってる間、暇だったからさー」

「んん……？」

敬太がポケットに入れていたスマホが振動した。

取り出して、届いたメッセージを確認してみると——

「なにを送ってきてるんだ、なにを!?」

「ひっひっひー。どう？　嬉しい？　嬉しい？」

メッセージの送り主は当然ながら那月で——

送られてきたのは那月のブラウスの胸元や、スカートをギリギリのところで撮影した写真だった。

胸元はかなり際どいところまで開いていて、白いブラジャーがほんのかすかに覗いている。

寝転がりながら撮影したらしく、スカートの裾が乱れて真っ白な太ももがこちらもかなり際どいところまで見えていて、何枚かはちらちらとパンツが見えている。

モロではないのが逆にエロかった。なにしろ、敬太は何度となく那月のパンツを見てるだけに想像できてしまうのだ。

「うわー、めっちゃ食い入るように見てる。義妹のエロ自撮り、そんなに喜ばれるとは思わなかったよ」

「うおっ……！」

敬太は那月に後ろからメッセージの画面を覗かれ、慌ててスマホをお手玉してしまう。

「消す！　消しておくから、今後決してこういうものを送らないように！」

「それは送れよっていう前フリ？」

「そんなわけあるか！　もし親に見られたらどうするんだ!?　言い訳できねぇよ！」

「わたしが、お兄ちゃんに無理矢理送るように脅されたっていうストーリーは既にできあがっているよ？」

「自分だけ助かる気か！　もう絶対に消す！　ほら、消した！」

「わたしも現代の子だよ。世の中にはクラウドってものがあることくらい知ってるってば」

「ふざっけんな。消すと見せかけてクラウドに保存とか、どんな早業だよ！」

敬太は、ああ言えばこう言う義妹に頭が痛くなってきた。いや、頭痛は那月が現れたときから起こっていたのかもしれない。

スマホのデータは綺麗に抹消している。実際、スマホの写真アプリは人に見せることもあるのだから、あまりヤバいデータは残しておけない。

「いいから、那月。おまえはおとなしくしてろ。余計なことをするとメシ抜きだ」

「うわっ、大人げない。ご飯を人質に取るとか、マジ横暴ー」

「なんとでも言え。ああ、なんでこんなことに……」

「お兄ちゃんの悩みは深そうだね」

「おまえのせいだよ！」

かつての天使だった後輩は、もう影も形もないようだった。

天使がいないなら、きっと神もいないに違いない。

ただし、小悪魔は存在するようだ。別にいてもかまわないが、できれば自宅以外のところにいてほしかった。

「ご飯、期待してるねー、お兄ちゃん」

「……つーかさ、そのお兄ちゃん、やめないか？」

「なんでー？　お・に・い・ちゃ・ん？」

「もうなんでもいいや……」

真面目に那月とやり合うだけ、敬太が損するようだ。

これ以上の消耗を避けるためにも、天使だった後輩のことは忘れて、邪悪な小悪魔を祓（はら）うすべを考えたほうがよさそうだ。


なんとか、夕食は何事もなく終わった。

敬太がつくった食事を、那月は「美味い美味い」と喜んで食べていた。

たとえ天使から小悪魔にクラスチェンジしても見た目は変わっていないので、その喜んでいる笑顔は可愛い。

可愛いと思ってしまう自分を、敬太は殴ってやりたかった。

「お兄ちゃーん」

「なにがなんでも、その呼び方を続ける気だな……」

「もっちろん♥　で、義妹ちゃんはお風呂に入るのです」

「ん？　勝手に入ってくればいいだろ？」

「義妹ちゃん、お風呂の使い方がわかんないなー。一緒に入って教えてくんない？」

「簡単だから一人で入ってこいっ！」

「えー、ぶーぶー」

那月は唇を尖らせたので、敬太は仕方なく頷いた。

二人で一緒に洗い場に入り（服を着たまま）、お湯の出し方や温度の調整なんかを教えてやった。

「じゃ、ごゆっくり。石鹸やシャンプーは自分のがあるよな？」

「そりゃ、女の子ですから。まあ、よくわかったよ」

「……なにがだ？」

「お兄ちゃんは一緒に入るより、コッソリ覗くほうが興奮するんだよね？」

「風呂場のドアを溶接してやりてぇ……」

敬太にそんな技術はないが、割とマジだった。この小悪魔、かなりウザい。

風呂場を出て、敬太は二階にある自室に戻った。

二階に籠もっていれば、覗き疑惑をかけられることもないだろう。

「さて……」

敬太は、特に女子の生態に詳しいわけではないが、女の子は風呂が長いという話はよく聞く。

単純に考えても、那月のあの長い髪。あれを洗うだけでも大変な手間だろう。

つまり、しばらく那月が風呂から出てくることはあり得ない。

「那月は、クラウドなんて知らないと思ってたのに……余計な知恵を」

敬太はスマホを取り出して、クラウドストレージのアプリを確認する。

スマホの本体メモリに保存された、那月のエロ自撮り写真は消した。

しかし――

別に早業を練習したことなどなかったが、那月が昼に送ってきた写真は一括してクラウドに保存してあった。

消すのは、ちょっともったいない。我ながらいやしいが、敬太も健全な男子なのだ。

ろくでもない小悪魔の正体が明らかになったとはいえ、那月は可愛くて身体もエロい。あの自撮り写真をためらいなく消せるほど、敬太は枯れていない。

床に座り込んでスマホを操作し、目当ての写真を表示する。敬太のスマホは新しいモデルなので、画面サイズも解像度も充分。

那月の顔も、胸元から覗く胸も、ちらちらしている白いパンツもくっきりと見えている。

「ちょっと後ろめたいが……今のうちにやっておかないと、風呂上がりに那月がまたなにかやらかすかもしれねぇし」

もちろん、那月の写真をオカズに使わせてもらうつもりだ。

他にオカズのアテがないでもないが、今一番興奮できるのがこれらの写真だ。使わないわけにはいかない。

シャッシャッと画面をスワイプして、次々と写真を表示していく。特にエロそうなのはどれだろうか。

「うーん、このブラチラの写真もいいが……こっちの寝転んでちょっとパンチラしてる写真もいいな。スカートのめくれ方が絶妙すぎるな」

送られてきた十数枚の写真は、どれも使い勝手がよさそうなので、おおいに悩むところだった。

天使だった頃の那月を思い出しながら、写真の身体だけ見ながらオカズにするというのはどうだろうか。

敬太は割とゲスなことを考えつつ、使う写真を絞り込んでいく。

那月が床に寝転んで、自撮りしている写真に決めた。

ブラウスがはだけていてブラジャーが半分くらい見え、スカートもめくれてパンツがかなり見えている写真だ。

「んじゃ、これにするか……」

「えー、わたしとしてはこっちのカメラにお尻を向けてて、ちょっとパンチラしてる写真がオススメなんだけど。これ、一人で撮るの苦労したんだよ」

「おまえの努力より、見た目のエロさが重要——って、那月!?」

「ハーイ、お兄ちゃん♥」

いつの間にか、敬太の横に那月が座り込んでいた。

さっきと同じ制服姿のままで、風呂に入った形跡は見当たらない。

「な、なんでここにいるんだ!?　風呂は!?」

「はっはっは、慎み深い義妹がお兄ちゃんを差し置いて一番風呂をいただくわけないじゃん」

那月は笑いながら言うと、敬太の肩にちょこんと顔を載せてきた。

「それより、やっぱわたしの写真を使おうとしてたね。いいね、いいね、欲望に忠実で。お兄ちゃん、義妹にムラムラしてたんだね」

那月は、敬太の後ろから手を伸ばしてスマホの画面をスワイプさせて写真を眺めていく。

「わたしの写真、ちゃんと残してたんだね。予想どおり、消すと見せかけてお見事な早業。やるなあ」

「こ、これはその……一応、義妹の写真なんだし、消すのも可哀想かと思って」

まさか、お見通しだったとは——

敬太はしどろもどろになって、意味不明な言い訳をしてしまう。

状況は明らかなので、どうやってもまともに説明できるわけもない。

「なるほど、なるほど。確かにわたしの写真を消すなんて酷い仕打ち、お兄ちゃんにできるわけないよねー」

「…………」

まったく信用していない目だった。

というより、那月は写真をクラウドに保存したのではと疑って、それを否定されて納得したフリをしていたらしい。ややこしい話だが。

「ふふーん、お兄ちゃんってばムッツリなんだから。ううん、知ってたけどさあ。だって、前からわたしのパンチラ見すぎだったもん。わたしが油断してたっつーより、〝ケータ先輩〟が〝那月後輩〟のスカートのあたりを普段から見まくってたからだよねー？」

「だ、男子なら普通だろ。女子の顔、胸、スカートはまんべんなく見てるぞ」

「もっちろん、わたしのスカートなんていくら見てもいいけどねー♥　義妹のスカートだろうと、パンツだろうと……♥」

「お、おいっ……」

那月は座ったまま敬太に太ももをぴったりとくっつけ、スカートをすすっとめくってくる。

「ていうかさ、写真でいいのー？　ここに実物がいるのに」

「じ、実物の……義妹だろ」

敬太の視線は白い太ももに釘付けになっている。

「ずっとわたしのスカート見てたっていうか……わたしにムラムラしてたんでしょ？

お兄ちゃん、いつまでもムッツリでいいのかなー？」

「な、那月……！」

那月はその柔らかな頬を敬太の顔にぐいぐいと押しつけ、ついでに小柄な身体に似合わない大きな胸までぎゅうっと腕に当ててくる。

義妹の甘い香りと、胸と頬の柔らかさに敬太の理性は今にも決壊しそうだった。

「ねえ、お兄ちゃん。一ついいことを教えてあげようか？」

「な、なんだ……？」

敬太が問いかけると、那月はニヤリと笑ってぎゅーっと抱きついてくる。

「もちろん、妹とはエロいことしちゃダメだよ。でもね、血が繋がってない義理の妹は……えっちしてもいい妹なんだよ？」

「なっ……!?」

那月は、ちゅっと敬太の頬にキスしてきた。

唇の柔らかさといったら、もうトロけそうなほどだった。

「義理の妹はいつも家で一緒だからね。つまり――義妹がいるってことは、家にいつでもえっちに使える身体があるってことだよ？」

「そっ、そんなわけないだろ！」

敬太は最後の理性を振り絞って、那月の腕を振りほどき、ベッドの上へと逃げた。

他に逃げ場もありそうなものだったが、今の混乱した敬太の頭では部屋から出ていくことも思いつかない。

「だ、だいたい、俺とおまえは元から付き合ってるわけでもなんでもないだろ！」

「わたしの周りの友達、みんなケータ先輩が彼氏だと思ってるよ」

「は……!?」

「ついでに言うと、ケータ先輩のお友達もわたしが彼女だと思ってる。これ、先輩の友達何人かから直で聞いたから間違いないんだよね」

「そ、そうなのか……？」

振り返ってみれば、友人たちからそんな話をされた記憶はある。「敬太は彼女がいるからいいよな」とか「リア充は死ね」とか。

そのときは、なんのことを言ってるんだと笑い飛ばしてしまっていたが……。

「そりゃ、学年も違うのに毎日のように一緒に下校してたら、そう思うってば。お兄ちゃん、にぶすぎなんじゃない？」

「……周りがどう思っていようが、付き合ってねぇのは事実だろ」

「あー、めんどくさっ！　めんどくさい、先輩――じゃない、お兄ちゃん！」

「おまえもお兄ちゃん呼び、まだ慣れてないな」

「そんなんはいいのっ！　ていうかさあ」

「うおっ……!?」

敬太は、びくんと反応してしまう。

那月もベッドに乗っかってきて――その小さな手で敬太の股間に触れてきたからだ。

「こんなにズボンの中、パンパンになっちゃってるじゃん……えーっ、うっそ、すっごい大きい……」

「ど、どこを触ってるんだ、那月！」

「ひひひー、口では面倒くさいこと言ってるけど、ここはわたしのことをただの後輩とも妹とも思ってないみたいだよん？」

「そ、それは……」

敬太はそれ以上反論できなかった。

那月が義妹になったのはつい最近――今日からと言ってもいいくらいだ。

しかし、那月との付き合い自体はもう半年にもなろうとしている。

その間は、可愛い後輩と思うことにしていたが、周りに付き合っていると思われてもおかしくない関係だったのも確かだ。

いや、周りにどう思われていたのかは問題ではない。

敬太は那月を可愛いと思っていたし、彼女に欲情していたのは事実だ。

その可愛くてエロい後輩が義理の妹になって、しかもベッドの上で欲望を全開にしたペニスに触れている。

つまり、それって——そういうことだよな？

敬太は、ごくりとつばを飲み込んだ。

「……い、いいのか？」

「うーん？　なんのことかわかんないな？　はっきり言ってくんなきゃ、お馬鹿なわたしには通じないよ？」

那月は、指先で硬くなったペニスをくりくりといじりながら笑っている。

本当に——なんて小悪魔だ。この正体を見抜けなかったとは不覚だった。

それでも、敬太は正体を現した那月にもどうしようもなく欲望を感じてしまっている。あるいは、ただの後輩だった頃よりも。

「もう、おまえは俺の後輩じゃない。義理の妹になったんだ」

「うん、そうだよ、お兄ちゃん♥」

「でも、俺にとっちゃ半年間いつも無駄に仲良かった後輩だったのも間違いない。その頃から、おまえのことが――す、好きだったのも」

「わたしも好きだったよ、先輩っ♥」

敬太は必死に言葉を絞り出しているのに、那月はあっさりとただの先輩後輩のハードルを乗り越えてくる。

「那月が義妹になろうが、俺の気持ちをくるっと変えられるわけない。それどころか、こんな近くに来られたら――もう我慢できねぇよ」

「我慢はしなくていいよー。ちゃんと、言うこと言ってくれたらね」

「那月、俺は義妹のおまえの身体を抱かせてもらう」

「ハーイ、よくできましたっ♥」

ちゅっ、と軽い音とともに那月が唇を重ねてきた。

那月が動いたせいで、敬太のベッドがギシリと少しだけ軋む。

「な、那月……！」

「やんっ♥」

敬太は那月の華奢な身体を抱き寄せ、彼女は嬉しそうな悲鳴を上げた。

その声がさらに敬太の欲望を加速させて、もう止まれそうになかった。

敬太は那月の唇に荒々しくキスして、思いきり舌を差し入れ、彼女の口内をかき回す。

「んっ、んんっ、ふぁっ、お兄ちゃ――んっ、あっ、はぁっ……そ、そんなにがっつかなくても♥　しょうがないなあ♥」

敬太が一度、唇を離すと、那月は顔を赤くしながらまたニヤリと笑った。

「慌てなくても、義妹の身体、いっぱい楽しませてあげる♥　ほら、どうぞ。おっぱいでも、どこでも好きなだけ――いいよ♥」

「………っ」

敬太は、那月をベッドの上に押し倒す。

こんな可愛い義妹が、なんでもしていいというなら断る理由は一つもない。敬太は、我を忘れて、那月の小柄な身体にむしゃぶりついた。


ギシッギシッとベッドが軋む音が響いている。

敬太は那月の華奢な身体を押し倒したまま、彼女と何度となく唇を重ねている。

「んっ、んちゅっ、んっ……んっ、んんんっ……ふぁっ、お兄ちゃ……んっ、ちょっと、そんなに強くしたら唇が痛っ……んっ、もうー」

那月に文句を言われても、敬太は我慢ができなかった。

義妹の唇はトロトロに柔らかく、なぜかほのかに甘い味さえする。

那月は微笑を浮かべつつも、顔を真っ赤にしてキスを受け入れてくれている。

こんなエロ可愛い義妹の唇なら、いくらでも味わえてしまう。

「んんっ、義妹とちゅーしすぎ……んっ……あー、イケないお兄ちゃんだなあ」

敬太はしつこいほど那月とキスしながら、彼女に手を伸ばさせてセーターを脱がす。

それから間を置かずに、ぷちぷちとブラウスのボタンを外していく。

「うおっ……やっぱりでかいな……」

「ふふーん、おっぱいの大きさではそこらのグラドルにも負けないもんね」

那月はニヤニヤ笑いながら、胸を突き出すようなポーズを取る。

白いブラジャーに包まれた、小さな身体に似合わないおっぱいがドンと自己主張する。

「ちっこいのに、おっぱい大きいっしょ？　こういうの、好きな人にはたまらないんだよね？」

「……変態ホイホイか、おまえは」

「ホイホイされてるお兄ちゃんが言ってもなあ。でも、好きならこっちもたっぷり味わっていいよ？」

「ああ……」

たまにチラチラ見えていたブラジャーがこうして丸見えになっているのは魅力的だが、この薄布の向こうにはもっと魅力的なものが詰まっている。

敬太は我慢などできず、ぐいっとブラを上へとズラした。ぷるるん、と柔らかな乳房がこぼれるように現れる。

「う、うおっ……」

「やんっ、とうとう見られちゃったね……ど、どうかな？　けっこう形も自信あるんだけどな？」

「………」

敬太には、那月の軽口に応える余裕などなかった。

目の前にある白い大きなかたまりに魅入られて、とてもじゃないが口を開くことなどできない。

ベッドに寝転がっているというのに、双丘(そうきゅう)は横に流れることもなく見事な張りを保っている。

そして、なめらかなカーブを描くボリュームたっぷりの胸の頂点には、ツヤツヤと輝くピンク色の乳首が……。

「ちょ、ちょっと……さすがにそこまでじっと見られると照れちゃうなあ♥」

「こんなもん、じっと見ずにいられるかよ……」

はっきり言って、敬太は生で女の子のおっぱいを見たのは初めてだ。しかもそれが、半年も憎からず思っていた美少女の胸なのだから、目を逸らせるわけがない。

「んんっ!? きゃっ、あんっ……！」

敬太は我慢などできるはずもなく、那月の乳首にむしゃぶりついた。

胸は大きく盛り上がっているが、ピンク色の乳首はちょこんと小さい。敬太はその小さな突起を口に含み、じゅるるっと音を立てて吸い上げた。

「はっ、んっ、いきなりそこ吸う……？ ひゃっ、んっ、お兄ちゃん、あっ、ああんっ、んっ♥ おっぱい吸いすぎ……！」

敬太に乳首を吸われ、那月が髪を振り乱してあえぎ声を上げる。

さらに片手で空いているほうの胸を激しく揉みしだき、親指と人差し指の腹で乳首をつまみ、こすっていく。

「ああっ、んっ、あああ……♥ 乳首、そんなにぃ……！ あんっ、あっ、やぁんっ……乳首硬くなっちゃう……あんっ、お兄ちゃん、そんなにわたしの乳首、いいのぉ……♥」

「ああ、まったく……こんな胸でかいくせに、乳首は可愛いとか反則だろ。こんなもん、しゃぶって吸いまくりたいに決まってる……！」

敬太はなぜか悔しくなりつつ、那月の胸の柔らかさと弾力を手と唇で味わい、激しく乳首を吸い上げる。

「もうー……そんなにおっぱいばっか……♥」

那月は顔を真っ赤にして、どことなく無理矢理笑っているようにも見えた。

意外と本気で気持ちよくなっているようだ。この義妹は、華奢な身体に似合わない胸を持っているだけでなく、感度も最高らしい。

「お、お兄ちゃん……女の子にはおっぱいだけじゃなくて、他にもいっぱい美味しいトコがあるんだよ？　童貞のお兄ちゃんにはわかんないかもだけどさあ」

「……つーか、おまえは経験あるのか？」

敬太は、那月の乳首をコリコリと指でこすりながら問いかける。

「それは……お兄ちゃんが自分で確かめればいいんじゃない？」

「うっ……」

那月は、敬太の右手を取って、自分のスカートの中へと引っ張り込んできた。

敬太はされるがままに、スカートの中に入れた手を——太ももの上を滑らせて、パンツのほうへと動かしていく。

「きゃんっ♥　大胆すぎぃ♥　いきなり女の子のそこ、触っちゃう？」

「お、おまえが触らせたんだろ……ああ、こんな馬鹿みたいな話、してられるか！」

「ひゃっ、あんっ、あああっ……♥」

敬太は、パンツの布地越しに那月の秘部をずりずりとこする。そこは既に、じっとりと濡れていた。

「うわっ……那月、おまえもうこんなになってるじゃねぇか……」

「……そりゃ、お兄ちゃんがしつこくおっぱい責めたからだよ。知らないの、女の子はおっぱいいじられたら、アソコからトロトロこぼれちゃうんだよ?」

「そうみたいだな……」

敬太は、パンツ越しにぐりぐりと那月の性器をこすり続ける。さらにそこからは愛液が溢れ出してきているようだ。

「んっ、はっ……♥　そんなにわたしが処女かどうか、確かめたいの?　ふふん、いいよ♥」

那月はニヤリと笑い――みずから、すすっとスカートを大きくめくり上げ、さらに白のパンツを下ろした。

「うおっ……こ、これが那月の……」

「そうだよ、お兄ちゃん♥　お兄ちゃんの義妹のおま×こだよ♥」

パンツが足の付け根まで下ろされ、その部分があらわになっている。

そこは、綺麗なピンク色の入り口がひくひくと動いているようにも見えた。

「おお、これ……ちょっと味見していいよな……？」

「味見ってお兄ちゃ……あんっ♥」

敬太は顔をその部分に寄せて、ちゅっと口づけた。次から次へと愛液が溢れてくるそこにキスして、舌でべろべろと舐め回す。

「んんっ、はっ、こら……んんっ、舐めたってわたしが処女かどうかは……わかんないでしょ？　んっ、ああっ♥」

敬太は那月の言葉にはかまわず、義妹のま×こをひたすら舐め続けた。ちゅるっ、じゅるるっと音を立て、溢れ出している愛液もすする。

美少女はま×この味まで美味い――信じられないことだが、事実だった。

「うわ、那月……まだ溢れて……ちょっと奥を……」

「んあっ……そんなとこ広げるの？　あんっ、み、見える……？」

「………………」

敬太は那月のま×こを開いて中を覗き込んでみたが、よくわからなかった。処女膜がどうとか、実物を見たこともないのだから当然ではある。

「それじゃ、別の方法で確かめてみる……とか？」

「……ああ」

敬太は頷いて、ズボンからペニスを取り出した。当然、それははち切れそうなほどカチカチになってる。

「う、うわっ……義妹の身体でそんなになるなんて……本当に、お兄ちゃんってばえっちすぎ。そんなにわたしのおっぱいとま×こ、よかった？」

「それじゃ、膣内(なか)の具合も……いいかどうか確かめさせてもらう」

「わー、きっぱり言うね。さすがのわたしも、ちょっとドキドキだ。ホントに……来ちゃう？」

「ああ」

今さら、やめられるわけもなかった。

ぎしっ、とまたベッドを軋ませて、敬太は那月に覆い被さるような体勢になる。

邪魔になりそうなので、那月のパンツは片方だけ足を抜いて、片方の足首に引っかけさせておく。

「……あ、そういえばゴム……」

「わたしもそんなもの持ってないよ……じゃあ、やめちゃう？」

にひひ、と那月が意地悪そうな笑みを浮かべる。

「そ、膣外(そと)に射精(だ)すってことで……どうだ？」

「ふふーん、もう我慢できないんだね、お兄ちゃん。いいよ、膣外に射精してくれれば。義妹ま×こに生でぴゅっぴゅするのはダメだよ？」

「わ、わかってるって……」

敬太は、初めての自分が膣外射精などと器用なことをできるか自信はなかったが、ここで止めるなんて拷問すぎる。

とにかく、那月の膣内に自分の猛りきった欲望をぶち込むことしか考えられない。

「それじゃあ……いくぞ、那月」

「ふふ、そのおちん×んで確かめてね……わたしが初めてかどうか……んんっ♥」

敬太は、正常位で那月の入り口にガチガチのち×ぽを押し当てて——ぐぐっと突き入れていく。

押し返されそうなほど、そこは狭くいきなり締めつけてきている。先っぽを挿入れるだけでかなりキツい。

「くっ……那月、もっと力を抜いてくれ」

「お、お兄ちゃんが力を入れすぎなんだって……あんっ、また入ってきてる……！」

敬太は腰に力をこめて、ペニスをさらに奥へと突っ込んでいく。ぎしぎしとなにかが引っかかり——さらに強引にち×ぽを押し込むと、そのなにかを突き破ったような手応えを感じた。

「んんっ……！　あっ、痛っ……あっ、ああっ……ケータせんぱ——んっ、お兄ちゃん……！」

那月はシーツを摑み、唇を噛みしめて——その大きな目には涙が浮かんでいた。

苦痛を感じているのは明らかだ。もちろん、演技とも思えない。

それになにより、敬太のペニスが彼女の純潔の証を感じている。

「……バ、バレちゃった……かな？」

「おまえ、経験もないのにあんなに俺を挑発してたのかよ……」

「お兄ちゃんをからかうのが義妹の義務、だから……んっ、痛たた……お兄ちゃんの、ちょっと太すぎるんじゃない……あっ、こんなに痛いなんて……」

「……一度、やめたほうがいいか？」

正直、那月の膣内は狭くて気持ちよすぎて、このままずっと突っ込んだままにしておきたいくらいだ。

だが、この小悪魔な那月が涙を流すほどの痛みがあるのなら——

「じょ、冗談でしょ？　義妹の処女膜ぶち破っておいて、今さら優しい顔しなくていいの。お兄ちゃん、好きなだけ——義妹の処女ま×こ、味わっちゃいなよ。那月ちゃんの処女ま×こを味わえるのは、ケータ先輩……お兄ちゃんだけなんだから」

「……じゃあ、遠慮なくいっちゃうぞ。いいんだな？」

「ふふん」

那月は、明らかに無理をした笑みを浮かべた。

その笑顔に——敬太は逆に興奮が高まってしまう。ほっそりとした那月の腰をがしっと掴むと、激しく腰を前後に動かし始めた。

「きゃっ、あっ……ホントにいきなり……んっ、あっ、奥にもう来ちゃってるっ、お兄ちゃんのおち×ぽ、わたしの奥に……！」

ガツンガツンと敬太のペニスの先端が、何度も奥に当たっている。あまりに狭い中を無理に往復させているので、敬太もちょっと痛いくらいだ。

それでも、痛みよりはるかに勝る快感が伝わってくる。義妹の処女ま×こに自分のペニスを突き入れ、奥の奥まで味わえるとは。

敬太は、快感に突き動かされるように激しくち×ぽを突き込んでいく。

「んんっ、はぁっ、あっ、あんっ♥　お、お兄ちゃんっ、激しすぎっ……あん、そんなにがっつかなくても……あああっ♥」

那月はまだ目に涙を浮かべているが、その声には早くも甘い調子がまじり始めている。

「な、那月……今、処女膜破られたばかりなのに、もう感じてるのか……？」

「うわぁ、デリカシーゼロの質問だねっ……あんっ、義妹の処女ま×こをバコバコしながら、そんな質問とか……んっ、お兄ちゃん、鬼畜すぎっ……あんっ、あっ、またおちん×んおっきくなってない……？　あっ、ああっ♥」

「くそっ、那月のま×こが気持ちよすぎて止まらない……！」

「ひ、ひっひっひー……那月ちゃんま×このよさに気づいちゃったか……んっ、あっ、わたしも、お兄ちゃんち×ぽ、好きだよ……んっ、ケータ先輩のときにも、このち×ぽ、味わっておけばよかったかな……！」

那月は敬太に貫かれ、身体を揺らしながら軽口を叩き続けている。

「俺も、可愛い後輩のま×こを味わっておけばよかったかな……いや、義妹の処女ま×こがこんなに気持ちいいなら、これがいい……！」

「へ、変態さんだー……んっ、あっ、わたしもお兄ちゃんち×ぽでいいかなっ、んんっ、あっ、お兄ちゃんち×ぽ、義妹の処女ま×こ、すんごい責めてるっ……あっ、あっ、あああっ……！」

びくびくっと那月の身体が震え、ひときわ甘い声が上がった。どうやら、軽く絶頂に達してしまったらしい。

「ふ、ああ……なに今の……やっぱー……お兄ちゃんのち×ぽ、わたしと相性よすぎてヤバすぎる……あんっ、あっ、ちょっと待っ……今、絶頂ったばかりで……あんっ、あっ、よ、容赦なさすぎ……♥」

那月は甘いあえぎを上げながら、身体をよじっている。剝き出しの大きなおっぱいがぶるぶると震える。

「な、那月っ……！」

敬太は那月の揺れる胸をがしっと摑み、両手で荒々しく揉みながら腰を動かしまくる。奥へと突き込むたびに胸が弾むように揺れ、またそれを摑んで揉む。

「んんっ、はっ、ああっ、おっぱいまで……あんっ、お兄ちゃん、凄すぎるよ……あんっ、あっ、あっ、あああっ！」

「那月、那月……！」

敬太は夢中でおっぱいを揉み、ま×こを奥まで貫きながら義妹の名前を呼ぶ。あえぎ声を上げるその唇に、ちゅっとキスして舌を差し出すと彼女のほうも応えて舌を出し、お互いに絡め合う。

「んむっ、んっ、ちゅるっ……んっ、んむむ……んっ、お兄ちゃ……んっ、んむっ、あっ、頭吹っ飛びそう……ああっ、んむむ……！」

敬太と那月は舌を絡め、むさぼるように唇を重ね合う。

そろそろヤバい——敬太は、身体の奥からこみ上げてくるものを感じていた。

この狭くてキツく締めつけてくる膣内(なか)を味わっているのに、ここまで耐えられたのが奇跡に思えるほどだ。

「な、那月……俺もそろそろ……」

「お、お兄ちゃん……い、いいよ……わ、わたし、さっきからもう絶頂(イ)きっぱなしで……あんっ、これ以上はもうおかしくなっちゃいそうだから……あんっ、義妹ま×こ、もう……限界だよっ！」

「あ、ああ……それじゃあ……！」

敬太はもうペニスを引き抜かなくてはならないと思いつつも、ギリギリまで那月の膣内を味わうことをやめられない。

少しでも長く、この快感を味わっていたい——その欲望は止めようがなかった。

「んっ、あっ、お兄ちゃん、わたし、わたし、もうっ……あっ、あああっ」

「くっ、那月……もう俺も……ああっ、くうっ……！」

「お兄ちゃん、いいから来てっ、そのままっ、わたしにっ、義妹のま×こに、そのままどぴゅどぴゅ射精してぇっ……！」

「そ、それは……くっ……！」

がしっと那月が両足を敬太の腰に絡めてきて——敬太は膣奥に突き入れていたペニスをさらにぐぐっと押し込んでしまう。

どぴゅぴゅっ、どぴゅっ、どぴゅるるるるるるっ！

どぴゅっ、どぴゅっ、どぴゅぴゅぴゅるるるるるるるっ!!

「んんーっ、あっ、ああああああああああああああっ♥」

敬太が欲望をすべて迸らせたのと同時に、那月が背中を大きく反らせて甲高い声を上げた。

「あっ、ああ……お兄ちゃんの、全部……膣内で射精されてる……あっ、ああ……わたしの奥に、精液いっぱい……」

「わ、悪い……つい……」

敬太は、那月が腰に絡めていた足から力が抜けたのに気づくと、なんとかペニスを義妹の膣内から引き抜いた。

今さらだが、那月のま×こからはつうっと血が流れ出していた。

紛れもなく、彼女の処女膜を破った際の破瓜の血だろう。

「うわぁ……血、いっぱい出てる……あっ、お兄ちゃんの白いのも溢れてきた……あっ、まだ出てくる……お兄ちゃん、義妹ま×こにどんだけ射精したの♥」

「ほ、本当に悪かった。まさか処女ま×こに膣内出ししちまうとは……」

ベッドのシーツを、那月の破瓜の血と敬太の白濁液が汚している。

こぼれてはいるが、敬太が吐き出した精液の多くは義妹の膣奥に注がれてしまっただろう。

「大丈夫、大丈夫。たぶん今日なら……うん、大丈夫だと思う。わたしのま×こ、気持ちよすぎて我慢できなかったかなー？」

「おまえも、足で挟んでしがみついてきてただろ……」

「え、ええー？　なんのことかな？　でも、お兄ちゃんがわたしに生ハメしておまけに種付けまでしちゃったのは間違いないよねー♥」

「ま、まあな……」

敬太がその気になれば、ギリギリのところでペニスを引き抜くことはできただろう。ただ、敬太が普通に欲望に負けただけだった。

この憎たらしくも可愛すぎる義妹に、膣内出し（なかだ）してやりたいと——

「……しかも、おまけにまだそんな……ギンギンだし。まだわたしに興奮しちゃってるの、このイケないおちん×んは」

「うおっ……！」

那月は身体を起こすと、天を向いているペニスの先をくりくりと指先でいじり始めた。

「しょうがないなあ、もう処女じゃないけど……義妹のおま×こ、もっとバコバコしたい？」

「し、したい……」

「うわ、思ったより素直だ。それじゃあ、しゃーないなあ。ふふん」

那月は、ころんとベッドの上で転がってうつ伏せになり、その小さくて白いお尻を敬太に向けてくる。

「義妹のま×こ、もっと味わっていいよ。どうせ一回膣内出ししちゃったんだし、今度も膣内（なか）でも膣外（そと）でもどっちでもお好きに♥　なんなら、膣外出しの練習も兼ねて二発目ヤっとく？」

「……できれば膣内出しがいいな」

「わーお、欲望に素直だね、お兄ちゃん。いいよ、義妹ま×こに、好きなだけ膣内出しして……♥」

「那月……！」

敬太はむしゃぶりつくようにして那月の小ぶりな尻を掴み、一気にペニスを後ろから突き立てた。

「あんっ……♥」

那月は可愛い声を上げ、身体を揺らす。

敬太は硬くなっているち×ぽで、義妹の膣内を激しくむさぼっていく。

こんな気持ちのいい義妹ま×こ、一発だけで我慢できるわけがない。

敬太は一度射精したばかりだというのに、さっき以上に欲望がかき立てられていることに気づいた。

残念ながら、この小憎らしい義妹は最高に可愛くてエロすぎる。

この身体に好きなだけ膣内出ししていいのなら、何度でも射精できてしまいそうだ。

「んんっ、あんっ、お兄ちゃんの……おちん×ん、いいっ♥　こんなの、わたし夢中になっちゃう……あんっ、もっと気持ちよくしてくれたら、白いのいっぱいどぴゅどぴゅしていいからねっ♥」

那月は敬太に後ろから犯されながら、振り向いてニヤニヤと笑っている。

「ああ、たっぷり……ヤらせてもらう」

「きゃんっ♥　お兄ちゃんち×ぽ、また大きく……あっ、んっ、深いっ、そんなに奥まで来たら……あんっ、また絶頂（イ）っちゃうよっ♥」

敬太は那月の両手首を摑んで、さらに激しく腰を動かし、その膣内（なか）をむさぼるように味わい始めた――

ああ、最高だった――敬太は、感動に震えている。

ベッドに座っているだけで、さっきまでの彼女の肌の感触が思い出されて、また興奮が高まってしまう。

まさか今日、初体験を迎えようとは夢にも思っていなかった。

しかもその相手が、可愛い後輩で実は小悪魔だった義妹になるとは――

「ふー、さっぱりしたぁ」

ガチャリと部屋のドアが開いて、その那月が入ってきた。

ピンクのキャミソールに、同じ色のショートパンツというラフな格好だ。

那月は事が終わったあと、シャワーを浴びに行っていたのだ。長い髪はしっとりと濡れていて、タオルでわしゃわしゃと拭いている。

「お兄ちゃんはシャワーしなくていいの？」

「あ、ああ。浴びるけど、あとでな」

冷たいシャワーで頭を冷やしたいところだが、今はまだ興奮しきっていて落ち着かない。

「ふーん、まあいいけど」

那月は、どさっと敬太の隣に座り込んだ。ほのかなシャンプーの香りが鼻をくすぐってくる。

「ちょっとびっくりしちゃったよ」

「え？　なにがだ？」

「血ってけっこう出るものなんだねー。シャワー浴びてるときも、ちょっとお風呂の床が赤くなっちゃったよ」

「そ、そうなのか……」

「しかも、まだめっちゃヒリヒリするし。もー、お兄ちゃんが義妹のおま×こに興奮して、あんなおっきいのでバコバコしまくるから」

「そ、それは……」

那月が顔を寄せてきて、ニヤニヤしながらからかうように言ってくる。

実際、彼女が言うとおりのことをやったのでこれまた反論できない。

「一緒に暮らし始めたその日に、義妹の初モノま×こを堪能して三発も射精しちゃうなんて、ヤりすぎじゃない？」

「お、おまえだって楽しんでただろ……！」

「えー、女の子にも責任押しつけるの？　やだなあ、男らしく——兄らしくない」

「兄らしいってなんだよ……」

敬太はその程度の反論しかできなかった。

誘ってきたのは那月のほうだったとはいえ、敬太もたいして抵抗せずに乗っかったのだから文句は言えない。

「ふふーん、今日はしゃーないけど、今度はゴムを用意しておいたほうがいいかな。毎回三発も四発もあんな濃いの射精されちゃったら孕んじゃいそう♥」

「は、孕むって……い、いや、確かにそれはまずいな……」

仮にも敬太と那月は兄妹になったのだ。そうでなくても、まだ学生の身で子供がデキては問題がありすぎる。

「でもほら、ドラマとか漫画でもよくあるけど、義理の兄妹なら結婚もできるんでしょ。つまり、赤ちゃんデキちゃっても法とか倫理とかの問題はないわけだ。よかったねー、お兄ちゃん。いつでもおちん×ん突っ込めるま×こが、こんなすぐそばにあるなんて」

「お、おいっ……」

那月は敬太に顔を寄せてきて、ちゅっちゅと頬に口づけてくる。

その小さな手は、また興奮して硬くなっているち×ぽをさわさわと撫でていた。

「でも、やっぱり、お兄ちゃんは生ま×このほうが好きかな……？」

那月は嬉しそうに言いながら、ピンクのショートパンツを脱ぎ捨て、白のパンツがあらわになる。

「んふっ、またこんなに硬くなっちゃって……義妹ま×こ、まだ味わい足りないの？えっちえっち、義妹好きすぎでしょ、お兄ちゃんってば♥」

敬太のズボンから勃起したペニスを取り出し、那月はパンツをズラしながらま×こに押し当てていく。

「い、いや、さっき三回もしたんだからもうこれ以上は……！」

「お兄ちゃんのここは、もっと義妹のま×こに突っ込みたいって言ってるよ。こんなにおっきくしといて、変な言い訳しなくていいってば……んっ！」

那月は敬太に正面から抱きつきながら、ぐっと腰を落としてち×ぽをくわえ込んだ。

敬太は、またヒダが絡みついてくるような那月の膣内(なか)の感触に痺れるような快感を覚える。

ぐっ、処女のときとまったく変わらない締めつけ——いや、ち×ぽのむさぼり方を覚えてもっと締まりがよくなっているような！

敬太は、あまりの快感につい那月の華奢な身体を抱き寄せ、下からゆっくりと突き上げ始める。

「はうんっ、んっ……もー、やっぱりヤる気になってるじゃん。もっとヤりたかったのなら遠慮しなくていいのに。わたしの身体、お兄ちゃんの好きにしていいって言ったでしょ？」

「で、でもなあ……一応、俺たちは兄妹で……」

「義理の、ね」

ちゅっ、と那月がキスしてくる。

「それにそんな建前、義妹のま×こを犯しながら言っても説得力ないよ？」

「……ごもっともだな」

那月の膣内の締めつけが気持ちよすぎて、ま×こをえぐる動きを止めることなどできそうもない。

敬太は、那月の小ぶりな尻を両手で摑みながら、ぐいぐいと腰を突き上げていく。

「んんっ、はっ、あんっ、やっぱりいいっ……！　お兄ちゃんのち×ぽ、わたしのおま×こにぴったり来て……あんっ、あっ、すんごいっ……お兄ちゃんも腰の動き、凄いよっ……！」

「な、那月……！」

　さっきあれほどケモノのように交わり合ったばかりだというのに、敬太の欲望は加速するようにふくれ上がり、義妹の膣奥（ちつおう）を突きまくっている。

「やっ、あんっ、あっ……もうっ、わたしの感じるトコ、突きすぎぃ……♥　あっ、ああっ……義妹ま×こ、そんなに激しく……んんっ、さっきまで童貞だったくせに♥」

「悪かったな、さっきまで童貞で……おまえだって処女だっただろ……！」

　敬太は言い返しつつ、那月の膣内をむさぼり、彼女がひときわ大きな声を上げるところをしつこく突く。

　那月は敬太のペニスに突かれるたびに、きゅうっと膣内を締めつけ、奥へと導いてくる。

　身体が小柄なだけにただでさえ膣内がひどく狭いというのに、こんなに締められたたら——

「くっ、那月、おまえ……締めるの上手すぎだって……！」

「えー、締めてなんか、いないのにっ……んっ、お兄ちゃんが、わたしの膣内、しつこく突くから、あんっ、自然と締まっちゃうんだってば……！」

那月は嬉しそうに言いながら、ぎゅっと抱きついてくる。

敬太はさわさわと那月の小さな尻を撫で回し、彼女のほうはぴったりと敬太に密着している。

二人は互いの肌の感触を味わいながら、繋がった部分から伝わってくる快感に浸り続ける。

「はうっ、んっ、お兄ちゃん……んっ、あっ、また奥に……あんっ♥　やっ、あんっ、わたしの膣内でびくびくしてるっ……んんんっ♥」

「な、那月も……なにか蠢いてるみたいな……うおっ、那月の膣内、ち×ぽに絡みついてきてるぞ……！」

「わたしのおま×ことお兄ちゃんのおちん×ん、相性いいみたいだねっ……んっ、さっきまで処女ま×こだったのに、わたしの膣内、お兄ちゃんのち×ぽの形に馴染んじゃって……あああああっ♥」

那月は長い髪を振り乱しながら、ぐいぐい腰を振って敬太のペニスを味わっている。

敬太は片手を尻から離して、今度は那月の胸を持ち上げるようにしてぐにぐにと揉む。揉みつつ、唇に乳首を含んでちゅうちゅうと吸い上げていく。

義妹のおっぱいはやはり柔らかく、乳首は不思議に甘くて美味い。

「んっ……！　あっ、んっ、今度はおっぱい……あんっ、さっき散々味わったくせに……はぁんっ、お兄ちゃん、義妹のおっぱい……美味しいの？」

「くそ、性格が悪くてもおっぱいはこんなに美味しいなんてな」

「ふふん、性格悪い義妹のおっぱいちゅーちゅー吸いながらなに言ってんの。やんっ、あっ、ちょっと強く吸いすぎぃ……はうんっ♥」

敬太は那月の小さな乳首をたっぷりと吸い、その間ももちろん彼女の膣内をペニスで責め続けている。

義妹のおっぱいの味もま×この具合も最高すぎる。性格が最高じゃなかったのは残念だが――

「なんていうか、性格が残念でも顔と身体がよけりゃセックスは最高なんだな」

「その台詞、お兄ちゃんの性格にもだいぶ問題があると思うな……あんっ」

ぐいっと敬太が強くペニスを突き入れると、那月の小柄な身体が大きく持ち上がった。

ぎゅううっと那月の膣内が敬太のち×ぽを引き千切りそうなほど締まり――

「ああっ、くそっ……もっと性格悪い義妹のま×こ、楽しみたかったのに……！」

「お兄ちゃん、絶頂っちゃうの？　んっ、あっ、またゴム無しで……あっ、そのまま射精しちゃうの……？　ホント、イケないお兄ちゃん……！」

那月はニヤッと笑うと敬太にちゅうっと口づけてきた。

敬太は、那月の尻をまた両手で掴んで引き寄せながら、ガンガンと奥までち×ぽをツッコミまくって――

「はんっ、あっ、ど、どうするの……膣外に射精すの？　それとも……また、義妹ま×こに種付けしちゃう？　わたしは……お兄ちゃんの好きなほうでいいよ？」

「もちろん、膣外に射精するに決まって……くっ、ダメだ……もうっ……！」

「あんっ、あっ、また奥に……あっ、あっ、ダメっ、お兄ちゃん、わたしもまた絶頂っちゃ……ああああああああああああああああああああっ！」

ぎゅうっと那月が抱きついてきて――敬太も彼女の尻を掴んだまままさらにペニスを押し込んで、そのまま一気に精液を迸らせる。

どぴゅぴゅっ、どぴゅっ、どぴゅるるるるるるるるるるっ！

数秒前の宣言はどこへやら、敬太はまた義妹の膣奥へと白濁液を注ぎ込んでしまう。

「はっ、あっ……またお兄ちゃんの……いっぱい射精されてる……♥　もうっ、膣外出しするとか言っといて……んっ、また義妹ま×こに膣内出ししちゃってるね♥」

「ああ……もう、全部射精しきるぞ……那月っ」

「い、いいよ、お兄ちゃん……義妹ま×こにお兄ちゃん精液、ぜーんぶ射精しちゃって。どぴゅどぴゅ注いでぇ……♥」

言われるまでもなく、敬太は那月の膣奥へと精液をすべて注いでしまう。

最後の一滴までぴゅっぴゅと射精しきってしまってから――ずぽっとペニスを引き抜いた。

「はうっ……♥」

那月は、敬太の前から離れてベッドに座り込む。そのま×こから、すぐに逆流してきた白濁液がドロリとこぼれてくる。

「んんっ……お兄ちゃんの溢れてきちゃった♥　せっかくシャワー浴びてきたのに、またドロドロの精液でいっぱいにされちゃったね♥」

「義妹ま×こ、好きなだけ味わっていいんだろ……？」

敬太は、那月の肩を摑んで、ちゅるちゅると義妹の唇を味わう。

「んっ、んちゅっ、んん……ふぁ。もちろん、好きなだけいいって言ってるでしょ。ずーっと、彼女でもない後輩に興奮してたイケないおち×ぽ、義妹のわたしのま×こに好きなだけ挿入れていいから♥」

那月は、まだ精液が溢れ出しているま×こを、くぱぁと指で広げた。

「ここ、もっと楽しみたいんでしょ？　五発目、いっとく？」

「五発……で済むか、馬鹿！」

敬太は、がばっと那月に抱きつき、またベッドに押し倒す。

「やんっ、お兄ちゃんってばケダモノぉ♥　いいよ、五発でも六発でも、お兄ちゃんの濃いの、どぴゅどぴゅ射精(だ)してぇ♥」

義妹のいやらしすぎる言い回しに、敬太のペニスはまた硬く勃起してしまう。

まさか、義妹との同居初日に彼女の処女を奪い、その上何度も身体をむさぼることになるとは。

敬太は自分の欲望に呆れつつも、那月をむさぼりたい性欲を止めることはできそうになかった。

ベッドの上にころんと寝転がった那月の身体を抱きしめ、唇を重ねる。

まだまだ、兄と義妹の夜は長く続きそうだった——

2 小悪魔義妹のいる生活

秋が日増しに深まっていき、風も少し冷たくなってきている。

敬太(けいた)の学校は冷暖房完備だが、この時期はほとんどエアコンは動いていない。暑さはすっかり遠のいたものの、まだ暖房が必要なほど寒くはない。

「でも、廊下はけっこう冷え込むんだよなあ。ちょっと寒くね？」

「ハハ、敬太は寒がりだよなあ」

「そうそう、去年も真冬は着込みすぎてモコモコになってたもんな」

昼休み——敬太は学食で昼食を済ませ、教室前の廊下で友人数人とダべっているところだ。

廊下にいるのは、教室に入る前に別クラスの友人と出くわし、なんとなくそこで立ち話になったからだ。

「へー、ケータ先輩ってそんなに寒がりなんだねー」

「うおっ!?」

いつの間にか、敬太のすぐ隣に那月の小柄な身体が現れていた。

小さくて視界に入りにくいためか、那月の唐突な出現に驚かされることは過去に何度もあった。

「な、那月……ここ、二年の階だぞ」

「いいじゃん、先輩。わたし、目立たないから二年の中に入り込んでもバレないよ」

那月はニコニコ笑っていて、気にした様子もない。

「おいおい、那月ちゃんは逆に目立つって」

「二年でも狙ってる奴、多いんじゃね?」

「つーか、二年とか三年に告られたこと、何度もあるだろ?」

「えー、ないですよ。こんなちびっこい女の子に告るような趣味悪い人、そんなにいないですって」

那月は敬太にはタメ口だが、彼の友人たちには一応敬語を使う。

そのあたり、敬太は那月が自分にだけ特別になついているからと思っていたが、考えてみればナメられているだけかもしれない。

今となっては、そう思えてしまう。

敬太の友人たちと那月は、わーわーと盛り上がってる。小さいのがいいんじゃないかとか、わたしなんてちんちくりんですよーとか。

天使な後輩は、上級生に大人気だった。

「……なんか増えてるし」

さっきまで敬太と話していたのは三人だけだったのに、いつの間にかその倍以上の野郎どもが集まっている。

中には敬太が特に親しくないクラスメイトまでいた。

「部活の一年に聞いたけど、佳和さんに告る奴らが放課後になると列をつくって並んでるって聞いたなあ」

「あはは、そんなわけないですよ。話を盛りすぎです」

那月は慣れたもので、ニコニコ笑って先輩たちのどうでもいい話をさばいている。

そういえば、那月は校内では苗字を変えずに、以前の〝佳和〟で通すらしい。

敬太としても、那月が義妹になったなどとクラスメイトに知られないほうがありがたい。

もしバレたら悪友たちに変な誤解をされて、からかわれかねない。いや、既にからかわれても誤解とは言えなくなっているが……。

「そっか、まあ那月ちゃんにはこの敬太の野郎がいるもんなあ」

「うおっ」

ドン、と友人の一人が敬太の肩を強めにドッキ、よろめいてしまう。

「きゃ」

「あっ……」

敬太は、よろめいたはずみでうっかり那月のスカートの上から尻を掴んでしまった。

ぷりんと柔らかい感触が手に伝わってくる。

「おいおい、敬太！　おまえ、それセクハラ！」

「これは逮捕待ったなしだな！」

「事故だろ、事故！　おまえらどこ見てたんだよ！」

敬太は、さっそくからかってきた友人たちを睨みつける。

「うう—……先輩たちが見てる前で、ひどいなあ、ケータ先輩」

「わ、悪かったって」

「ふらついたからって、普通お尻掴む？　しかも、狙ったかのように、こんなちっちゃいお尻に。でもまあ、ケータ先輩なら……許すよ」

那月は、天使みたいにニコッと微笑んだ。

周りの友人たちが、おおっとどよめく。

「那月ちゃん、那月ちゃん。尻掴んだのが敬太じゃなくて俺だったら？」

「即・通報ですねー」

「わー、ひでぇ！」

「冗談ですよ、でもセクハラはいけませんね」

ぎゃははは、と友人たちが笑い声を上げる。

後輩モードの那月の人気はたいしたものだ。付き合っていると誤解されている敬太が、なぜハブられていないのか不思議なほどだ。

那月が誰にでも愛想がよくて、敬太が独占しているわけでもないからだろうか。

「…………」

敬太は、さっき那月の尻を掴んだ手を閉じたり開いたりしてみる。

尻の弾力ある柔らかさは最高だった。

しかし——スカート越しに触るまでもなく、昨夜は那月の尻を数えきれないほど触り、撫で、鷲掴みにした。

それも、ぷりんとした生の尻を。あの感触は最高だった……。

もちろん夢であるわけがない。

今、隣でニコニコ可愛く笑っている天使のような少女の処女をもらい、夜から朝までじっくりとその身体を楽しませてもらった。

自分でも驚くことに、七発も那月に膣内出しをキメてしまったのだ。

友人たちも、まさかこの可愛い後輩の身体に敬太の精液がたっぷり注がれていると
は思わないだろう。

「どうかしたの、ケータ先輩？」

「あ、いや……」

「え、もしかしてお尻触ったことまだ気にしてるの？　大丈夫だって、ケータ先輩な
ら許すってば」

「そ、そうか……」

ニコニコ笑っている那月は、羽が生えていないのが不思議なほどの可憐さだ。

ニヤニヤ笑って、敬太をからかっていたあの小悪魔はどこへ行ったのか。

昨夜からの展開があまりに急で、どうにも頭が混乱してしまう。

だが、敬太が義妹の那月を抱いて処女を奪ったのは事実で、目の前にいる後輩の那
月が可愛いのもまた事実だ。

後輩なのか義妹なのか、どっちだと思えばいいのか――敬太の悩みは尽きない。


特に何事もなく授業を終えて、放課後――

敬太は友人たちとハンバーガーショップで軽くダベってから、帰路についた。

平均的な、いつもの放課後と言える。別に敬太も、毎日欠かさず可愛い後輩と一緒に帰っているわけではない。

男の友情も大切だ。美少女後輩より優先度は低いが。

「ただいまー」

自宅の玄関を開け、家に入る。那月のローファーが並べてあった。既に帰宅しているらしい。

家に帰ると人がいるというのは、変な気分だった。

なにしろ、幼い頃からずっと鍵っ子だったのだ。といっても、先に帰っていた義妹は「おかえり」の一言もないが。

リビングとキッチンに、那月の姿はなかった。自分の部屋にいるのだろう。

昨日の那月はリビングでくつろいでいたが、年頃の女の子なら自宅では自室にいることが多いのかもしれない。

今はともかく、両親が戻ってきたあとも那月と四六時中顔を合わせていては疲れそうだ。たぶん、互いに部屋に籠もりがちなパターンになるだろう。

二階に上がり、那月にあてがった部屋のほうを見る。特に物音などは聞こえてこない。

那月もまだ帰宅したばかりだと思うが、昼寝でもしているのだろうか。

考えてみれば、昨夜はほとんど寝ていない。敬太は授業中に居眠りしていたのでまだ余裕があるが、よい子の那月は学校では寝づらいのかもしれない。

「……よい子……じゃねぇよな」

ぶつぶつ独り言をつぶやきつつ、敬太は我が部屋のドアを開けた。

「きゃっ」

「は？　えっ⁉」

敬太は、慌てて開いたばかりのドアを勢いよく閉めた。

一歩後ずさって、ドアを確かめる。一人っ子の特権で、物心ついた頃から使ってきた個室のドアだ。わずかに見える傷や汚れ――見間違えるわけがない。

そうなると――

「………………」

今度はドアを少しずつ開いていく。隙間から覗くように室内に目を向けると――

「きゃっ♥」

「……な、なにしてるんだ、那月⁉」

見慣れた我が部屋に、見慣れないものが立っている。

今日はピンクの下着の上下をつけた、可愛い義妹――要するに下着姿の那月だった。

華奢な身体に、大きくふくらんだ胸。きゅっとくびれた腰に、小さなお尻、ほっそりとした太もも。

その真っ白な身体に身につけているのは、ブラジャーとパンツだけだ。

那月の足元には、脱ぎ捨てたと思われるセーターやスカートが落ちている。

どう見ても着替えの真っ最中だが――

「なんでおまえ、俺の部屋で着替えてるんだよ!?」

「けっこう大変だったんだよ。お兄ちゃんより先に帰ってきて、お兄ちゃんの足音が聞こえてきたタイミングで素早く制服脱ぐのって」

「そんな手間をかける必要がどこに!?」

敬太には妹がいなかったから知らないが、世間一般の妹はタイミングを見計らって兄の部屋で着替えを始めたりするものなのか。

「……って、そんなわけあるか！」

「なにそれ、なんのツッコミ？」

「いいから、着替えるなら自分の部屋で着替えろ！」

「とか言いつつ、めっちゃ凝視しちゃうお兄ちゃんであった♥」

那月は、手に持っていたブラウスで身体の前を隠しつつ、ニヤ～ッと笑った。

中途半端に身体を隠しているのが逆にエロい。もちろん、那月はそんなことは承知の上で隠しやがったのだろう。

「おまえには自分の部屋をやっただろ！　そっちを使え、そっちを！」

「え～、お兄ちゃんにラッキースケベを楽しませるのも義妹の義務なのに」

「楽しんでるのは那月のほうだろ！　いいから、出ろ出ろ！」

敬太は床に落ちていた制服を拾い上げ、那月に押しつけて彼女を部屋から追い出す。

しばらく、那月は閉じたドアの向こうでぎゃーぎゃーわめいていたが、飽きたのか気配が消えた。

「……毎日、こんなことが続くのか？」

敬太はため息をつく。

那月の着替えを見られて嬉しいか嬉しくないかで言えば、答えは決まりきっている。正直、いくらでも見ていられる。４Ｋで録画して、オカズにも使いたい。

しかし、心臓に悪いのも間違いない。家の中でも那月がなにを仕掛けてくるかわからないとなれば、ここに安らぎはない。興奮は常にありそうだが。

いくら敬太が健全な男子でも、年がら年中性欲を刺激されていたら身体がもたないだろう。

今も、着替えを見ただけで敬太のズボンの下ははち切れんばかりだ。

昨日、処女ま×こを広げて奥まで覗き込んだが、それに比べて美少女義妹の下着姿の刺激が劣るということはない。

「ん？」

と、そこでスマホが振動した。敬太はポケットからスマホを取り出す。

メッセージアプリに写真が届いている。下着姿の那月がベッドに寝転がっている写真だった。たった今、撮ったものだろう。

《今、この家でおちん×んが勃っちゃってる人、先着一名様に義妹ちゃんがお部屋でサービスしちゃいます》

「…………」

馬鹿な、そんなあからさまな誘いに乗るわけがない。

那月は誘いをかけつつ、敬太のほうから部屋に来るように仕掛けてきている。最終的には敬太の意思に任せてる——それは昨日と同じだ。

いくらあの小悪魔が誘いをかけてきても、バキバキに勃起したち×ぽをま×こにぶち込むかどうかは、敬太が決めることなのだ。

今度は、那月の部屋に乗り込むかというところから敬太に判断させている。

あの小悪魔らしいやり口だ。いくら生着替えで興奮させられているからといって、まさか義妹の部屋に乗り込んで襲いかかるなど——

「…………」

「あ、いらっしゃーい」

五秒後、敬太は那月の部屋のドアを開けていた。

那月は、ピンクの下着姿のままでベッドに腰掛けていた。

まだベッドや机、最低限の家具しか揃っていない部屋。年頃の女子らしさはほとんどない。

ついでに言うと、机の上にもなにもない。那月はお馬鹿で、成績は悪いとは聞いていた。

「お兄ちゃんってば、欲望に素直だね。そういう素直なお客さんには、義妹が大サービスしなくちゃ」

そう言ってから、那月はかすかに顔を赤らめる。

「わ、わー……義妹の部屋に入ったとたん、そんなにおっきくしちゃうなんて」

敬太のズボンの前は、あからさまにふくらんでいる。

「いや、これはさっき那月の着替えを見てから勃ちっぱなし——ってなにを言わせるんだよ！」

「お兄ちゃんが勝手に白状したんだよ。えー、わたしのブラとパンツでずっと興奮しっぱなしなんだ……うわぁ……」

那月は顔を赤くしながら、じっと敬太の股間を直視している。敬太もさすがに恥ずかしくなってきた。

欲望にあっさり負けて、那月の部屋に来ただけでも充分に恥ずかしいのに。

「じゃ、ここに座ってね」

那月がちょいちょいと自分のベッドを指差し、敬太はそこに腰掛ける。女の子のベッドに座ったのも初めてだ。

「それじゃ……今日も元気なお兄ちゃんのそこにサービスしてあげるね♥　昨日、あんだけヤって疲れてるだろうから、わたしが頑張るよ」

「……那月は疲れてないのか」

「わたし、めっちゃ楽しいから。全然まだまだヨユー」

下着姿の那月が、敬太の前で両膝をついて座った。

「……ん？　おい、まさか……」

「サービスするって言ったじゃん。お兄ちゃんのここ、ま×こはもうたっぷり味わったから、新しい刺激がほしいんじゃない？」

那月は敬太のズボンから勃起ち×ぽを取り出すと、片手でこすこすとこすり始めた。

充分に硬く大きくなっているのを確認すると——

「んっ……はむっ♥」

「うおっ……！」

那月は、その小さな口で敬太のパンパンにふくれ上がったち×ぽをくわえ込んだ。

いや、口が小さすぎるからか先のほうが少し入っているだけだ。

「ふわ……んっ、おっきい……こんなのあごが外れちゃいそう……義妹の下着で興奮したおちん×ん、大きすぎ……」

「うっ、おっ……な、那月……」

那月は、口にち×ぽを含み、ちゅぷちゅぷとストロークさせている。

「んんっ、んむ……んっ、んっ……昨日、あれだけヤりまくったのに、一度もお口でしてなかったでしょ？　こういうの、お兄ちゃんも好きでしょ？」

「そ、それは……うおっ、気持ちよすぎ……那月、おまえヤったことあるのか？」

「あるわけないじゃん」

ちゅっ、と那月は亀頭に軽くキスする。

「処女なのにフェラの経験はあるとか、それなんてエロマンガ？　こんなの初めてに決まってるよ。んっ、んんん……」

那月は舌を伸ばして、ペニスの根元から先のほうへと這わせてくる。

「女の子だってエロいことには興味あるんだから。フェラくらい知ってるに決まってるじゃん。ま、わたしには才能があるのかもね。あと、お兄ちゃんがチョロすぎ」

「うっ……」

どうやら、那月には確かに才能があるようだ。舌で何度も竿を往復させ、ちゅっと亀頭に口づけて、また口に含み、じゅぶじゅぶとあたたかい口内でこすってくる。

今度は根元をはむっとくわえ、先へから根元へと往復させて、その手で袋の部分を揉むようにしている。

「うおおっ、那月……それ、凄すぎ……！」

「やっぱお兄ちゃんチョロい。こんなの、気持ちいいの？　んっ、んむむ……んっ、んんん……ここも、しゃぶっちゃおうか」

那月はニヤッと笑うと、袋の部分にまでむしゃぶりついてきた。義妹の口が、敬太のち×ぽを竿から袋まで余すところなくしゃぶり尽くしてくる。

こんな至上の快楽がこの世にあったとは……！

「んんっ、んむむ……変なの……この袋にお兄ちゃんの白いのがいっぱいに詰まってるんだね。んんっ、今日はこの中の白濁液、わたしのどこに射精されちゃうのかなあ。んんっ、んんっ、んむむー……んっ♥」

那月は玉袋をたっぷりと味わうと、また竿のほうを舐め始めた。舌で根元から先まで舐め回し、先端をちゅるちゅると吸って――

「もっとサービスしなくちゃね……はむっ……んんっ……！」

「おっ……!?」

敬太は思わず悲鳴のような声を上げてしまう。

那月が喉の奥まで届きそうなほど深くペニスをくわえ込んできたのだ。義妹の小さな口の中に、ち×ぽが半ばまで呑み込まれている。

「んんっ、んむむ……んっ、んっ、んちゅっ、ちゅるるっ……んっ、んんっ……はうっ、おっきすぎて……全部は無理だね……んっ、やんっ、お口の中で、ち×ぽがびくびくしてるのわかっちゃう……♥」

那月は嬉しそうに言い、深くくわえ込んだまま顔を前後に動かしてち×ぽをしゃぶっていく。

口の中のあたたかさといい、中で絡みついてくる舌の感触といい、最高だった。ま×ことはまた違う、口をすぼめて締めてくる刺激もたまらない。

「はむっ、んっ、んちゅるっ、んっ……またおっきくなって……んっ、お兄ちゃん、お兄ちゃんち×ぽ凄い……んっ、んむむ……義妹のお口でそんなに興奮しちゃって……ホント、イケないおちん×んだよね……」

ぺろっ、と那月は亀頭を舐めてニヤリと笑った。

少女の顔に浮かんだ、妖しいほどの笑みに敬太はゾクリとしてしまう。

「うわっ、またびくびくって……んっ、んむむ……ぺろっ、んちゅっ、ちゅるるっ、んん……もう射精しそうなの？　射精ちゃうの？」

那月はべろべろと敬太のち×ぽを舐め回しながら、嬉しそうに訊いてくる。

まさしく敬太は既に限界を迎えていた。まだ射精していないのが不思議なほどだ。

それほど、義妹のおしゃぶりは刺激的で、たまらない快感が全身を襲ってくる。

「んっ、いいよ……でも、新しいお部屋を汚しちゃダメ。義妹のお口に、そのままどぴゅどぴゅ射精（だ）しちゃっていいよ♥」

那月は、片手でち×ぽを握ってこすりながら、口で先端を舐め、口に含んでじゅぼじゅぼしゃぶってくる。

もう限界だというのに、口と手での同時刺激は強烈すぎる。

「くっ、那月……俺、もう……！」

「うん、いいよ♥　義妹のおしゃぶりで絶頂（イ）っちゃって！　お兄ちゃん、おち×ぽからまたいっぱい射精（だ）してっ♥」

「あ、ああ……くっ……！」

「やっ……んっ……♥」

敬太は那月の小さな頭を掴み、ぐいっとその口の奥までち×ぽを呑み込ませながら、こみ上げてきた欲望を一気に吐き出した。

どぴゅぴゅぴゅぴゅっと勢いよく飛び出した白濁液がそのまま、那月の口へと放たれていく。

「んんっ……んっ、んむむ……んっ、んっ、ふぁ……」

敬太が義妹の頭を離し、ずるっとその口内からち×ぽを引き抜くと。

那月は、んくっんくっと口に放たれたものを飲み込み――

「ふぁ……まだ飲みきれない……んんっ、すんごい射精(だ)したね……んっ、こんなにいっぱい……んっ、んむむ……」

那月が敬太の顔を見上げながら、口を開いた。そこには、確かにペニスから放たれた白濁液がたまっていた。

「んんっ……んっ、変な味ぃ……んっ、ドロドロで……んっ、こんなのが……昨日、わたしのま×こに射精(だ)されてたんだね♥」

「あ、ああ……でも、全部飲まなくても」

敬太はベッドの枕元に置かれていたティッシュを手に取り、那月に手渡す。

「んん……でも、全部飲んじゃったぁ……♥　変な味だけど、んん……どう？　義妹に精液飲ませたご感想は？」

「……すげー気持ちよかった」

「ひっひっひー、本当にイケないお兄ちゃんだよ。家に義妹を迎え入れた日に処女ま×こをごちそうになって、今度はおしゃぶりまでさせるなんて♥」

かなり那月が自発的にやったことだと思うが、敬太はツッコミを入れなかった。たっぷりと楽しませてもらったのだから、那月のせいにはできない。

「あっれー？　でもお兄ちゃんってば、まだ元気だね♥」

「……そうみたいだな」

敬太のペニスは、まだバキバキに勃起している。

那月は下着姿のままだ。しかも、口内や舌の感触もまだまだ鮮明に残っている。

性格はともかく、友人一同がアイドル扱いするような美少女を前にして萎えるわけがない。

「それじゃ、お客さん。もうちょっと楽しませてあげよっか？」

「ああ、そうだな……」

「きゃんっ♥」

敬太は、ブラジャーを軽く引っ張って乳首を覗き込むようにする。エロいピンク色の乳首は、つんと尖っていた。那月もだいぶ興奮しているらしい。

義妹のフェラは最高だったが、口だけで済ませるには昨日のま×この感触は気持ちよすぎた。

この興奮を収めるには、義妹ま×こを味わわせてもらうしかない。

「んじゃ……今度も、わたしがしてあげる♥」

那月は、ちょんと敬太の肩を押してベッドに押し倒した。

それから、自分もベッドに上がって兄の身体にまたがってくる。

「お兄ちゃん、今日も楽しんじゃおっ♥」

「お兄ちゃんは動かなくていいよ。今日は可愛い義妹が全部ヤってあげるから」

那月は兄の身体にまたがって、ピンクのパンツをズラして秘部をあらわにしつつ、腰を下ろしていく。

「ラッキーだよね、お兄ちゃん。自宅に全自動おち×ぽヌキヌキ美少女が完備されてるんだから」

「ヌキヌキって……」

敬太が那月を見上げながら呆れた目で見てくる。呆れつつも、兄のち×ぽはガチガチに硬いままだ。

「お兄ちゃんのおちん×ん、きっちりヌいてあげる♥　んんっ……あんっ、またガチガチぃ♥」

那月は、ま×こに当たるペニスの感触にぶるっと身を震わせる。

昨日、自分がずっと守ってきた処女膜を破り、何度となく子宮に当たるほど突き入れて快感を与えてくれたち×ぽだ。

もう、軽く触れるだけで絶頂に達しそうになってしまう。

「んんっ、はうっ……あっ、あんっ……」

「うっ……那月、今日もキツい……」

那月のま×こが、兄のち×ぽを半分ほど呑み込んだところで、それ以上入っていかなくなる。

もっと根元までくわえ込みたいが、まだ愛液が足りないのかもしれない。

那月は、敬太のち×ぽをしゃぶっているだけで充分に濡れてしまっていたが、身体が小さいだけでなく、膣内(なか)も狭いせいでなかなか奥までくわえ込めない。

「もうちょっと……濡れなきゃダメかなー？」

那月は、にひっと笑ってブラジャーを上にズラす。ぷるるんっと、自慢の大きな双丘がこぼれ出た。

「うおっ……やっぱデカいな……」

「おまけに、乳首も可愛いでしょ。ピンク色だしねー。あれだけお兄ちゃんに散々吸われまくったけど、全然綺麗だよ♥」

「そりゃ、一日やそこらじゃ変わらんだろ……」

「きゃっ……んっ、あんっ、お兄ちゃんの手つきエッローい♥」

敬太は寝転んだまま腕を伸ばしてきて、那月の胸を下から持ち上げるように揉み始めた。ぐにぐにと揉まれ、指で乳首をつままれて引っ張られてしまう。電気が流れたような、痺れる快感が走る。

「んんっ……あんっ、お兄ちゃん、義妹のおっぱい好きすぎぃ……！　あんっ、ああっ、やぁんっ……乳首、もっと優しくぅ♥」

「あ、ああ……」

敬太は、こりこりと優しく乳首をこすってくる。それだけで那月には充分な刺激だった。

那月も健康な若い女子なので、自分で胸を揉んで慰めてみたことは何度かあった。

だがあまり上手くないのか、ほとんど感じた経験はない。

なのに、昨日敬太に初めて揉まれて、それだけであっという間に絶頂ってしまいそうになった。

「んんっ、お兄ちゃんと相性イイみたいだね……んんっ、別にお兄ちゃんも上手いわけじゃないだろうに、んんっ、触られるだけで……あっ、んんっ♥」

「そんなにいいのか……？」

「もちろん、だからもっと好きにしていいんだよ……？」

那月は笑って、ぐっぐっと腰を動かしていく。できれば今日は那月が最初から最後までリードしてヌいてやりたかったが、これくらいは敬太にやってもらってもいいだろう。

「んはっ、あっ……ああっ♥　お兄ちゃん、おま×このほうもよくなってきたぁ……あんっ、おちん×ん奥に来てるよぉ……♥」

「ううっ……締めつけ、昨日より凄くないか……！」

「お兄ちゃんのち×ぽも、昨日よりおっきぃ♥　また義妹ま×こに興奮しっぱなしだね……！」

那月は、ぐいぐいと勢いよく腰を動かし始めた。敬太のペニスがお腹にまで届きそうなほど入り込んできて、先端近くまで抜いてからまた奥へと——

「んんっ、あっ、あっ、お兄ちゃんち×ぽ、あんっ、わたしのおま×こ、壊しちゃいそう……あんっ、義妹ま×こをこんなに嬉しそうに突いちゃって……あんっ、ダメだよ、イケないおちん×ん♥」

那月は上下だけでなく、角度をつけて膣内(なか)を突けるように腰を振り、気持ちいいところに先端を当てていく。

敬太も下から突き上げるように腰を振りながら、義妹のおっぱいをしつこいほど揉んでいる。

「あんっ、ああっ……おっぱい、そんなに……あっ、んっ、んんっ、はっ、ああっ、ああんっ……お兄ちゃぁんっ……！」

自分で揉んでも感じなかったのが嘘のように、敬太の胸への愛撫で感じまくってしまう。愛液が溢れ出し、それを潤滑油にしてち×ぽが奥の奥へと入り込んでくる。

「はぁんっ、あっ、あっ、奥に当たって……あんっ、あっ、お兄ちゃんち×ぽ、感じすぎて……あんっ、もうっ……ヤりすぎぃ……！」

「腰を振ってるのは、おまえだろ……！」

敬太は文句を言いつつも、腰の動きを強めている。

最初は義妹の那月を抱くことに抵抗を見せていたが、一度ま×こに突っ込んでしまえば彼はすぐに欲望のままに動いてくれる。

さっき、着替えを見て文句を言っていたのと同一人物とは思えない。

まったく、この人はわたしの身体大好きなくせに、兄貴ぶってるというか、先輩ぶってるというか。

「にひひっ♥」

那月は不敵に笑うと、さらに腰の動きを速めた。身体が小さく軽いので、初めての騎乗位でも那月は彼の欲望を刺激するように動けた。

「うっ、那月……おい、そんなにしたら……！」

「もう絶頂(イ)っちゃう？　また義妹ま×こにどぴゅどぴゅしちゃうのかな？　わたしはいいけど、そんなに膣内(なか)出ししまくったら……？」

「そんなもん……今さら我慢できるか！」

敬太はヤケクソ気味に言って、がしがしと下から突き上げてくる。

那月はお腹にまで響く振動と全身を貫く快感に震えながら、彼の言葉にも喜びを感じていた。

考えてみれば、既に敬太には七発も膣内出しされてしまった。

彼も生ハメ種付けには後ろめたさがあったようだが、避妊具を用意した様子もない。そんな発想もなかったらしい。

今もまさに生セックスをむさぼるように楽しんでしまっている。

「んんっ、はっ、あっ、お兄ちゃん……いいよ、好きなだけ義妹ま×こに生ハメして、精液いっぱい射精しちゃって♥　ゴムなんてあったら、わたしのま×こ、気持ちよく味わえないもんね♥」

「あ、ああ……ゴム越しのま×こじゃ、満足できねぇだろうな……！」

「贅沢だね、お兄ちゃん。義妹ま×こを味わうだけじゃなくて、生じゃなきゃダメだなんて。んっ、わたしもっ、お兄ちゃんち×ぽ、生が好きっ♥」

ゴムをつけなければまずいことくらいは、那月も承知している。

しかし、この快感に抗うことができないことも確かだ。敬太のち×ぽのあたたかさ、びくびくと脈打つこの感触をゴムなどで遮られたくない。

「いいよっ、お兄ちゃん、もっと来てぇっ……！　んっ、わたしのおま×こ、生でもっとバコバコしてっ……んんっ、あっ、はぁんっ……！」

那月はぐいぐいと腰を振り、敬太のち×ぽを絞り上げるように膣内で締めつける。彼のペニスはさらに大きくふくれ上がっているかのようだ。子宮に当たるほど強く先端を打ちつけられ、そのたびに身体がきゅんきゅんとうずいてしまう。

「はっ、ああっ、あぁんっ♥　ケータせんぱ――お兄ちゃんっ、お兄ちゃんち×ぽ、気持ちいいよぉっ！」

思わず、以前の呼び方が出そうになってしまった。なにしろ半年間、ずっと使い続けてきた呼び方だ。つい、飛び出してしまうのは仕方ない。

「んんっ、はっ、あんっ、お兄ちゃん、お兄ちゃん……！　お兄ちゃんのち×ぽ、わたしのおま×こぐりぐりえぐってるぅ……！　んんっ、はあんっ、また子宮に当たって……あんっ、あっ、んんっ……！」

那月は夢中になって腰を振り、ち×ぽを奥まで呑み込み、また引き抜いてから叩きつけるように腰を下ろす。

ぱんぱんと音が響き、膣内から溢れている愛液が飛び散る。

那月と敬太の繋がった部分は淫らな音を立て、また愛液が溢れ出す。

「んんっ、お兄ちゃん、もっと、もっと……んんっ、あっ、はぁっ、ああんっ、お兄ちゃんのち×ぽ、もっとちょうだい！　義妹ま×こ、犯してぇっ……！」

那月は両手を伸ばして、敬太と手を繋ぐ。互いに手を繋いだまま、那月も敬太もむさぼるように腰を振る。

「あっ、お兄ちゃんのち×ぽ、すっごいびくびくしてるっ、んんっ、また射精るのっ？　お兄ちゃん、また義妹ま×こにどぴゅって膣内出ししちゃうの？　イケないのに、ザーメン義妹のおま×こに全部射精しちゃうのっ♥」

「あ、ああ……もう射精る……いいか、いくぞ、那月……！」

「う、うんっ……わたしももうさっきから絶頂きっぱなしで……あっ、もうダメっ、これ以上バコバコされたら……あんっ、あああああっ！」

ち×ぽが子宮に当たるたびに那月は軽く絶頂ってしまう。こんなに何度も絶頂かされたら、あまりの快感に頭がおかしくなりそうだ。

いや、おかしくなってもいいからもっとバコバコしてもらって――好きなだけ精液を子宮に注ぎ込んでほしい。

那月の頭は、もうそれ以外考えられなくなっていた。

「んんっ、はぁ、ああっ♥　お兄ちゃん、お兄ちゃん……！　お兄ちゃんち×ぽ、奥まで来て……射精してぇぇぇぇぇぇぇっ！」

「くぅっ……な、那月ぃっ……！」

どくん――と敬太のペニスが大きく脈打つと。

どぴゅううううっ、どぴゅぴゅぴゅぴゅぴゅっ、どぴゅるるるるるっ！

「はっ、あっ……あんっ……わ、わたしの子宮に、びゅーびゅー射精てる……あっ、ああっ、またわたしの子宮に、ドロドロ精液、いっぱい注がれちゃってる……！」

「あ、ああ……那月、射精てるぞ……おまえのま×こに全部……！」

那月は、敬太のち×ぽをま×この奥までくわえ込み、手を繋いだままどぴゅどぴゅと放たれている精液をすべて受け止めていく。

また生ハメで種付けされちゃった……気持ちよすぎて、こんなの止められるわけがない……♥

那月は確かに精液が自分の子宮に放たれているのを感じながら、うっとりと快楽に浸る。

敬太の膣内出しが既にクセになっている。七発も射精された快感を知ってしまえば、ゴム付きセックスや膣外出しなどで満足できるはずもない。

「んんっ……お兄ちゃん、また義妹ま×こに膣内出ししちゃったね……いっけないんだぁ……♥」

那月は喜びに震えつつも、敬太に意地悪な目を向ける。欲望を解き放って正気に戻った彼は、義妹に膣内出ししたことに後ろめたさがあるようだ。

那月は少しも気にしていないが、ちょっぴり責めてやると彼が申し訳なさそうな顔をするのが楽しい。

小悪魔は、どんなときも兄をいじめるチャンスを狙っている。

那月は、膣内出しの快感でびくびく震えながら、敬太の身体にそっともたれかかって、ちゅっとキスをする。

ね、お兄ちゃん。えっちも大好きだけど、終わったらちゅーくらいはしてね？

可愛い義妹は、激しいセックスと同じくらい、優しくイチャイチャするのも好きなんだよ？

教えてあげないけどね♥

「んんっ……ちゅっ」

那月は、もう一度軽く敬太にキスをして、そのまま兄に抱きついた。

敬太は少し戸惑ったようにしながら、那月の背中に遠慮がちに腕を回してくる。

たった今、騎乗位で激しく交わったばかりだというのに、抱きしめるのを躊躇してしまう。

那月には、そんなおかしな兄が愛しくてたまらなかった。

家に帰り着いてから夕食までの間に、フェラで一発、騎乗位で一発膣内出しをキメてしまうとは――

敬太は自分の性欲に呆れてしまう。

しかも今日は、自分から那月の部屋に乗り込んでいったのだ。那月から誘いをかけられて、ほとんどためらいもせずに。

あの小悪魔のことだから、敬太がすぐに来ることは見抜いていたに違いない。

それもわかった上で、敬太は自分の欲望を抑えられなかった。

昨日、本当に昨日、家に義妹として迎え入れたばかりの少女を何度となく抱いてしまうなんて。

我ながら信じられない。敬太だって、昨日まで童貞だったのだ。それが、元後輩で現在は義妹の美少女に膣内出ししまくって、おしゃぶりまでしてもらっている。

こんなにただれた日々を送ることになるとは、想像すらしなかった。

佳和那月は可愛い後輩で、上手くいけばお付き合いくらいできるんじゃないかとは思っていたが――

この急展開は予想外なんてものじゃない。

義妹になっただけでも驚きなのに、両親が新婚旅行に出かけている間に、ケダモノのように那月の身体を味わいまくっている。

「いかん、いかん……」

敬太は、ぱんぱんと自分の頬を叩いた。

夕食の片付けも済ませて、今日は敬太が先に風呂をもらうことになった。

脱衣場にある鏡を見ながら、思わずいろいろと考えてしまっている。

「考えるより先に身体が動いてるもんなあ……」

那月は正体が明らかになったとはいえ、可愛さは変わりない。しかも、あんなエロいことまで知ってしまった。

正直、いくらでも抱きたい。夕食の間も、油断すると那月のま×この感触を思い出して、テーブルの下で勃起させていた。

こんな関係になってしまったとはいえ、敬太は間違いなく那月の兄なのだ。

いくら那月が小悪魔のように誘惑してきても、それをはね除けなければならない。

いや、毎回拒否するというのはもう無理だろう。

それでも節度を保ってセックスしなければ。まず、コンドームくらいは用意しておくべきだ。

「コンビニでも売ってるんだよな？　やっぱ普段使わないコンビニに行かなきゃいけないよな……？」

昨日まで避妊のことなど一ミリも考えなくてよかった童貞の悲しさ。

コンドームの入手すら、気が重い。

那月も生ハメでいいというのだから、着けなくていいのでは……？　いや、そんな無責任なことはできない。

義妹とセックスしてる時点で充分に無責任だろう――と、頭の中がぐるぐる回ってしまう。

「よし、とりあえず風呂に入ってさっぱりしよう」

敬太は独り言をつぶやくと、服を脱いで浴室に入った。

父親が建てた家は、親子二人暮らしでは広すぎて持て余すくらいだったが、この風呂場もなかなか広い。

敬太の父は風呂好きで、ゆっくり風呂を楽しむのが一番のリラックスになるらしい。もっとも、息子のほうはシャワーで済ませることも多く、父が帰ってきても風呂に湯が入ってないことも多かったが。

昨日と今日は、お湯を入れている。那月は女の子だし、敬太の知識では女の子とはだいたい風呂が好きなものだ。

ゆっくり湯に浸かってくつろぎたいところだろう。

「そういや、昨日の那月はえらく長風呂だったな……」

那月は風呂に行くと見せかけて敬太の部屋に忍び込んできたが、セックスの合間にシャワーを浴びたあとで普通に入浴もしている。

俺の残り湯なんかに浸かるのかなあ？　それとも、お湯を張り直すのか？

敬太は女の子と生活したことなどないので、想像がつかない。

「ただの日常生活でも、悩むことは多そうだな」

風呂の洗い場には、那月のシャンプーやトリートメント、ボディソープ、他にもなにやらいろいろ並んでいる。

あれでも女子なので、身体や髪のケアには気を遣っているのだろう。

「なんか、けっこう高そうだな。俺が使ったら、『お兄ちゃん、人のシャンプー勝手に使わないでよね！』とか怒られるのかな。普通の兄妹みたいに……」

「ううん、使いたかったら自由に使っていいよ？」

「え、そうなのか？　でも俺が女子用のシャンプーの匂いさせてたら――って、那月っ!?」

「……来ちゃった♥」

「おまえは普通に風呂に入れない病気なのか!?」

敬太が振り向くと、そこにはバスタオルを身体に巻きつけた那月が立っていた。

長い髪はいつものツーサイドアップではなく、後ろでまとめている。

「昨日は風呂に入ると見せかけて俺の部屋に来て、今日は俺が入ってるところに乱入とか！」

「今日はサービスの日だからさー。お兄ちゃん、義妹がお背中流しちゃうよ♥」

「…………」

那月は、ニヤッと笑って敬太の肩を掴んで椅子に座らせてきた。

敬太はされるがままに座ってしまい――

「では、始めますねー。お客さん、初めて？」

「おっ、おい……！」

那月は、後ろから敬太に抱きついてきた。ぷるん、と柔らかな胸の感触が伝わってくる。

まぎれもない、生乳の感触だった。その先端の感触まできっちり伝わってくる。

さっきまでバスタオルを身体に巻いていたはずだが、外してしまったらしい。

「義妹ちゃん大サービス。おっぱい洗いしてあげちゃうね♥」

「うおっ……！」

那月は、ズリズリと押しつけたおっぱいで敬太の背中をこすり始めた。

なんだかヌルヌルしている。ローション――ではなく、ボディソープを身体につけて、敬太の背中を洗っているらしい。

「んんっ、んっ……お兄ちゃん、けっこう背中大きいね。おっきいのはおちん×んだけじゃないんだ♥」

「なんだ、その下ネタ……うっ……これは……」

敬太が散々に口や手で味わったおっぱいも、こうして背中に押しつけられてこすられるのはまた違う快感がある。

ボディソープで泡立てられた胸が、敬太の背中を往復している。ぎゅっぎゅっと那月の大きなおっぱいが押しつけられて潰れ、背中の隅々までこすってくる。

「んっ、これ……わたしも変な気分になっちゃう♥　んんっ、はっ、あっ、お兄ちゃん……んんっ、わたしのおっぱい洗い、どう……？」

「あ、ああ……こんな柔らかいもので洗ってもらったの初めてだ……」

「ふふーん、めっちゃ嬉しそう。まったく、義妹のおま×こやお口を味わうだけじゃ飽き足らずに、おっぱいで身体を洗わせるなんて、エロすぎだよ、この兄」

「お、おまえがやってるんじゃ……」

「ハーイ、ここも洗っちゃおうかな。今度は、義妹のお手々でね」

「…………っ！」

那月が胸を背中に押しつけたまま、手でペニスに触れてくる。

もちろん、それはとっくにギンギンに勃起していて柔らかく華奢な手で触られるだけで、びくんと反応してしまう。

那月の手にもボディソープで泡立てられていて、ヌルヌルした感触がたまらない。

「うわあ、もうこんなに。義妹おっぱい洗い、そんなによかった？」

「そ、そりゃあ……」

「そりゃ、どうなのかなあ？　ここに訊いちゃおうかなっ？」

那月は、ち×ぽをシコシコとこすり始めた。小さな手が大きくふくらんだ棒を丁寧にこすり、時々ぎゅっと握りしめてくる。

「わぁ、またおっきくなった……お兄ちゃんのち×ぽ、シコシコしたらすぐ反応しちゃうのが可愛いよね。ふふふっ、ふっふー」

那月は妖しく笑い、調子に乗ってち×ぽをシコってくる。背中に押しつけられてくる胸の感触も強烈で、敬太は身動きできない。

「んんっ、びくってしたぁ♥　お兄ちゃん、義妹にシコられるの気持ちいい？　あ、おっぱいももうちょっとこすってあげよっか」

「うおっ……」

那月はわずかに胸で上下にこすりつつ、ち×ぽをいじる手も止めない。手で棒をしごき、指先で亀頭をいじり、溢れてきているカウパー液を指ですくい取ってくる。

「あっ、またびくびくしてる……もしかして、絶頂(イ)っちゃうの？　うーん、ちょっと早すぎるかな。わたし、もうちょっと遊びたい♥」

恐ろしいことを口走って、那月は敬太の前に回り込んだ。

剝き出しのおっぱいが、ぷるんと揺れる。一糸まとわぬ姿の義妹が、敬太の目の前にいる。

彼女の全裸は既に見ているが、風呂場で見るとまた違ったエロさがある。

「それじゃ、前も失礼しまーす。んっ、んんっ……どう、お兄ちゃん？」

「す、すげーいい」

「うわー、素直ー♥　じゃ、もっと洗ってあげるね」

那月は調子に乗って、ずりずりとおっぱいで敬太の胸をこすっていく。ピンク色の可愛い乳首が当たり、さらに大きな胸がぐにゃりと潰れている。

「んっ、んっ、んーっ♥　ちゅーもしちゃおうかな♥」

那月はずりずりとおっぱいで敬太の胸をこすってから、顔を寄せてきてちゅっと口づけしてくる。

敬太もそれに応えて那月の唇をむさぼり、舌を絡め合う。義妹との濃厚なキスは何度やっても頭が真っ白になりそうな刺激が走る。

「んっ、んむむ……んっ、ちゅーっ、んっ、んー♥　んっ、ちゅっ、んむむっ、んっ、お兄ちゃん、もっとちゅーして♥　もっとちゅーしてくれたら、おっぱいでいーっぱい洗ってあげるよ？」

「うっ……」

敬太は那月の頭を摑んで引き寄せて、さらに濃厚な口づけを交わす。義妹の口内に舌を突っ込み、れろれろと舐め回す。少女の口の中は不思議に甘く、さらに胸の感触もあって、痺れるほどの快感が襲ってくる。

「んーっ♥　お兄ちゃんとのちゅー、いいなあ。んっ、んっ、じゃあわたしももっとおっぱい……サービスっ♥」

那月は下のほうへと下がっていき——ぱふっとその二つの胸の間に勃起しているち×ぽを挟み込んだ。

「おちん×んも、わたしのおっぱいで洗ってあげる。ふふーん、イイでしょ？」

「お、おお……」

フェラに続いて、まさかパイズリまでしてもらえるとは。

那月の小さな身体に不似合いなおっぱいの圧力が、敬太のペニスを包み込んでいる。

「んっ、んっ、おちん×ん気持ちよさそー♥　義妹のおっぱいで挟んでもらって喜んじゃうイケないお兄ちゃんち×ぽ、可愛いー♥」

那月は嬉しそうに言いながら、ペニスを胸で挟んでずりずりとこすっている。まだボディソープの泡がついたままなので、ち×ぽをしごく動きはスムーズだ。

義妹の乳圧は心地よく、那月は胸を自分の手で挟んでち×ぽを締め上げてくる。

「きゃんっ、またびくってしてるぅ♥　お口でしてあげたときより、ち×ぽ喜んでるね。お兄ちゃんってば、義妹のおっぱい大好きなんだから」

「あ、ああ……すっげー最高……」

敬太は気持ちよすぎてろくに言葉が出てこなかった。フェラともま×この感触とも違うが、那月のおっぱいの柔らかな圧力は言葉を失うほどの威力がある。

那月はぎゅっぎゅっと胸を縦横に動かして、ち×ぽを締め上げたりこすったりしてくる。信じられないような柔らかさと弾力のある胸が、敬太のち×ぽにひたすら快感を与えてきて――

「くっ……な、那月……俺、もう……！」

「えー、もう……ま、さっき手コキもしてあげたし、そろそろか。いいよん、お兄ちゃん。義妹のおっぱいに、いっぱい射精してぇ♥」

「あ、ああ……」

敬太はわずかに腰を動かして、那月の胸の間でち×ぽをこすり上げていく。

その動きだけで、もう限界が来て――

「くうっ……那月っ……射精るっ……！」

「いいよ、来て……！」

どぴゅっ、ぴゅっ、どぴゅるるるるるるるるるるっ！

那月がおっぱいでひときわ強くち×ぽを挟み込んできたのと同時に、敬太は一気にち×ぽの先端から勢いよく飛び出した白濁液は、那月の白いおっぱいを汚して、さらにぴゅっぴゅっと飛んでいって彼女の顔にまでかかっていく。

「んんっ……やんっ、すんごい射精てる……♥　きゃっ、まだ……んっ、白くて熱いの、わたしの顔に……んんっ、あんっ、あっ……！」

びゅるびゅると飛び出した精液は、那月の顔と胸をたっぷりと汚して、ようやく止まってくれた。

「ふあぁ……こんな凄いの、わたしのお口やま×こに射精されてたんだね……んっ、熱い……ああ……お兄ちゃんの精液、義妹のパイズリでこんなに射精しちゃって、本当にダメなお兄ちゃんだなあ」

那月はニヤッと笑って顔についた精液を指でぬぐい、その指をはむっとくわえた。

「やっぱ変な味……こんなの義妹にかけちゃうなんて、ひっどいなあ♥」

そう言いつつ、那月はぺろりと舌を伸ばして口の周りについた精液も舐めている。

その表情は異様なほどに蠱惑的で――

「おっと、泡を洗い流さないとね。ちょっと待ってて」

那月は、くるりと後ろを向いてシャワーを手に取った。確かに、敬太の身体は那月のおっぱいでこすられて泡まみれだが――

「那月っ……！」

敬太にはそんなことはどうでもよかった。

後ろを向いた那月の真っ白な背中、ぷりんとした尻、それに蛇口をひねろうと少し屈んだとたんに見えたピンクのおま×こ。

おっぱい洗いとパイズリの興奮が治まっていない敬太には、義妹が見せたその無防備な姿だけでスイッチが入るには充分だった。

「きゃっ……!?」

敬太は、後ろから那月に抱きつき、ち×ぽを尻に押しつけるようにする。柔らかな尻をち×ぽでぐりぐりこするのも気持ちいい。

それも悪くないが、それだけでは満足できない。敬太は、尻の割れ目に沿ってち×ぽをこすりつけながら――さらに身体を密着させる。

「ちょっ、お兄ちゃん落ち着いて……さ、させてあげるから、そんなにがっつかなくても！」

「わ、悪い……もう突っ込むぞ……！」

「えっ、ちょっと待っ……！」

敬太はまだ硬いままのち×ぽを手で握って、那月のま×こに後ろから押し当てる。

ぐいっと腰を押し進めて――

「きゃんっ……♥」

　ずぶずぶとち×ぽが、義妹ま×こに入っていき、あっという間に根元までくわえ込んでしまう。

「やんっ……もうっ……わたしのま×こ、お兄ちゃんのおち×ぽに調教されちゃって、すぐ入るようになっちゃってるんだから……んっ、ああんっ……♥」

　敬太は奥までち×ぽを突っ込んでしまうと、那月の細い腰を摑んで後ろから突き始めた。

　風呂場での立ちバック――これは最高にたぎるシチュエーションだ。

　敬太は、たまらなくなって容赦なく腰を振り、義妹のま×この奥へとち×ぽを叩きつけていく。

「ふあんっ、あっ……お兄ちゃん、興奮しすぎ……んっ、えっちしてもいいけど、もっとゆっくりぃ……♥　わ、わたしもパイズリで興奮して何回も絶頂(イ)っちゃってるんだからぁ♥」

　確かにそのとおりらしく、特に愛撫もしていないのに那月のま×こは兄のペニスをずっぽりと奥まで呑み込み、溢れる愛液でストロークもスムーズだ。

「んんっ、あっ、あっ、もうそんなに奥までぇ……んっ、あっ、はぁんっ、お兄ちゃん、本当に何度射精(だ)しても、全然萎えないんだからぁ……あんっ、あっ、あああっ、おちん×んおっきすぎぃ♥」

敬太は柔らかくトロけるような那月のま×こを突きながら、手を伸ばして、二つのふくらみを無造作に掴んだ。

「ひゃんっ、またおっぱい……？　あんっ、あっ、そんなにむにむに揉んじゃダメっ……もうっ、あれだけおっぱいでおちん×ん挟んであげたのに、まだおっぱいほしいの……あんっ、ああっ……！」

敬太の手の中で、義妹の大きなおっぱいが形を変えていく。少女のおっぱいは弾むように柔らかく、指が埋もれてしまいそうだ。

敬太はおっぱいを荒々しく揉みながら乳首を掴み、ぎゅっぎゅっとこすり上げる。

「やっ、あんっ、乳首ぃ……あんっ、もうっ、わたし……乳首弱いの知ってるくせにっ、そんなにぃっ……♥　んっ、ああんっ♥　乳首いじめられながら、おま×こガンガン突かれたら、またわたし絶頂っちゃうっ♥」

那月は身をよじり、長い髪が乱れる。

敬太はかまわずに胸を荒っぽく揉み、乳首をいじり、激しく腰を振ってち×ぽを奥まで打ちつける。

義妹の全身を余すところなく味わいたい。見慣れた自宅の風呂場で、この前まで後輩だった美少女の身体を全部むさぼり尽くしてしまいたい。

「んんっ、また激しいっ……あんっ、あっ、そんなにされたらっ、あんっ、きゃああっ、ああんっ♥」

那月は風呂場に響くあえぎ声を上げながら、何度も小刻みに身体を震わせている。

確かにこの義妹は異様に感じやすいらしく、敬太が胸を揉むたび、ペニスを奥まで突っ込むたびに絶頂ってしまっているようだ。

義妹が絶頂ってしまうと、ぎゅぎゅっと膣内が締まり、敬太はすぐにでも果ててしまいそうになる。

「くっ、那月、おまえのま×こ具合よすぎだろ……ち×ぽ、こんなに締めてきて……エロすぎるんだよ、この義妹は！」

「エロすぎることに文句を言われてもなあ。あんっ、あっ……義妹がエロいのって最高でしょ？」

「ああ、最高……だっ！」

敬太は那月の身体が持ち上がるくらい強く深くペニスを突っ込んだ。那月の胸がぶるんっと揺れて、後ろからでもその大きな胸が見えるほどだった。

「し、しかもその義妹の身体を抱き放題だもんねっ……お兄ちゃん、義妹のおっぱいもおま×こも大好きだもんねっ……！」

「ああ、唇もな……」

「んっ、んむむ……！」

敬太は那月の頬を掴んで後ろを向かせ、ちゅっちゅと唇を重ねる。お互いに舌を絡め、吸い合って、またちゅっちゅとついばむように唇を重ねていく。

義妹と濃厚な口づけを交わし、おっぱいも乳首も好きなように揉んでいじり、もちろんその間も激しく膣内を往復し、子宮に届くほど深くち×ぽを突っ込んでいる。

これほどまでの快感、刺激、悦楽がこの世にあったとは。

「んんっ、んむむ……はぁっ、んっ、ちゅっ、ちゅっ……お兄ちゃぁん……あっ、んっ、おちん×んすっごい……あんっ、あっ……またびくびくして……あんっ、あああぁっ……！」

びくんびくんと那月の小さな身体が震え、ぐったりと力が抜けてしまう。

ひときわ大きく絶頂に達してしまったのだろう。

「はっ、ああ……またお兄ちゃんち×ぽで絶頂かされちゃった……んっ、イケないなあ、こんなにいっぱい義妹を絶頂かせちゃうなんて……」

「うおっ……」

ぎゅうっと那月の膣内がさらに強く締まった。ち×ぽが千切れそうなほどの締めつけだ。

「わたしもお兄ちゃん、絶頂かせないと♥　ふふんっ、お兄ちゃん、義妹ま×この気持ちよさに、どれだけ耐えられるかなぁ？」

「こんなもん、耐えられるか……！」

「えっ……？」

びゅっびゅっ、びゅるるるるるるるるっ！

那月が驚いた声を上げたのと同時に、敬太は義妹の子宮めがけて精を放っていた。

膣内の強烈な締めつけに、とてもじゃないが我慢ができなかったのだ。びゅるびゅると精液を吐き出して、義妹の膣奥(ちつおう)を満たしてから——

「えっ？　あんっ、あっ……ま、まだするの……!?」

敬太はすべての精液を放ち終えると、すぐにまた腰を振り始めた。ヌかずにそのまま義妹のま×こを突かずにはいられなかった。

「とりあえず、一発射精(だ)して——もっと那月のま×こ味わわせてもらう……！」

「そ、そんなに……あっ、あっ、ああっ……わたしのま×こ、もう敏感になりすぎて……あん、あっ、ああっ……！」

那月は風呂場の壁にもたれかかるようにして、なんとか体勢を維持しているようだ。

敬太は那月の小さな尻を掴み、ずぼずぼと後ろから義妹ま×こをえぐり、奥へと先端を叩きつけていく。

「んんっ、はっ、ああぁっ……お兄ちゃん、お兄ちゃんっ……ダメっ、わたしもうっ、そんなに……あんっ、ダメだってばぁ……一発射精したのに、どうしてこんなに硬いの……お兄ちゃん、パイズリでもあんなにいっぱい射精しておいて……あああっ、あんっ、義妹ま×こ好きすぎだってばぁ……！」

「本当に義妹ま×こは最高だ……くそっ、なんでこんなに具合がいいんだよっ、那月、おまえのま×こは本当に気持ちよすぎる……！」

「もうっ、素直だなぁ……んっ、いいよっ、お兄ちゃんち×ぽでわたしのおま×こ、もっとバコバコしてっ……いっぱい子宮突いてぇっ……♥」

敬太は、那月の尻を強く掴み、さらに引きつけながら腰を振る。おっぱいや唇ももっと楽しみたいところだが、柔らかな尻肉の感触だけでも充分だ。

「やんっ、あっ、お尻ぃ……あんっ、あっ、ああぁっ……やんっ♥」

那月の尻を強く撫で回し、ぎゅっと左右に広げて尻穴の奥まで覗く。義妹は興奮しすぎて、尻穴までひくひくと蠢いているかのようだ。

「那月っ、もっと……いくぞっ……！」

「あ、ああっ……んっ、ああっ……お尻広げちゃダメぇ……んっ、あっ、やぁんっ、お兄ちゃんっ、おちん×ん深すぎて……お尻も感じすぎちゃうのっ……♥」

本当に感じすぎているらしく、那月の膣から溢れてくる愛液がさらに増している。トロトロの愛液が潤滑油になって、敬太はさらに奥へとペニスを叩きつけていく。

「んはっ、あっ、もうっ、お兄ちゃんっ、わたし、さっきから絶頂きっぱなしで、あんっ、これ以上はもう、おかしくなっちゃう……お兄ちゃん、義妹ま×こ、そんなに突いたらおかしくなっちゃうよ……！」

「あ、ああ、俺ももうそろそろ……！」

くそっ、さっき射精したところなのにもう限界か——

敬太は唇を噛みしめながら、少しでも長く義妹のま×こを味わうために小刻みに突き、こみ上げてくる欲望をこらえる。

「んんっ、あっ、あっ、ああっ……お兄ちゃん、ち×ぽ深いっ、そんな深いところを突かれたらっ、また絶頂っちゃ……んっ、あんっ、ダメっ、義妹ま×こ、感じすぎてもうダメだからっ……あああっ！」

「ぐっ、ううっ……那月、那月っ……！」

敬太は那月の尻を強く鷲掴みにして、奥の奥までペニスを突っ込み——

「いくぞ、那月っ、またおまえのま×こに膣内出しするぞ……！」

「うっ、うんっ、お兄ちゃん、義妹ま×こにいっぱい、どぴゅどぴゅ射精してっ、イケないお兄ちゃんち×ぽで義妹の子宮に精液いっぱいびゅーびゅー射精してぇぇぇぇぇぇぇぇっ……！」

敬太はぐっとペニスの先端が子宮に当たるほど押し込むと——そのまま、精液を放った。

どぴゅぴゅぴゅぴゅぴゅぴゅっ！

どぴゅっ、どぴゅぴゅぴゅっ、どぴゅるるるるるるるるっ！

「あっ、あっ、あああああんっ……♥」

弾けるように飛び出した精液が、那月の子宮に注がれていく。

敬太は那月の尻をしつこく撫で回しながら、腰をぴったりと義妹の身体に密着させてち×ぽを押し込み、ありったけの精液を放ち続ける。

「ふっ、あっ、あああ……お兄ちゃんの精液、またま×こに注がれてる……義妹のま×こにそんなに射精したら、孕んじゃう……あんっ、まだ射精てる……あっ、ああっ……お兄ちゃんのザーメンで、わたしの奥がいっぱいに♥」

「あ、ああ……また……膣内出ししちゃったな……」

「ふふん……わかっててわたしのま×こに全部射精したくせにぃ♥　やんっ、まだ射精してるんじゃない？　もうっ、どんだけ義妹ま×こに射精しちゃう気なの？　そんなに義妹、孕ませたいとかぁ？」

「こんな気持ちいいま×こ、膣内出し以外あり得ないだろ……」

ゴム有りのセックスなど論外、一番気持ちいいときに抜いて膣外で射精するのも考えられない。

好きなだけ義妹のま×こを生でバコバコと犯しまくり、すべての精液を子宮に放って種付けしてしまう。

それ以外に、選択肢などあり得なかった。

「はっ、ああっ……全部射精たぁ……？」

「ああ……くっ、抜くぞ」

敬太は、最後の一滴まで精液を那月の膣内で放つと、ずぶりと抜いた。

こちらに向けたぷりんとした白い尻に、ピンク色の性器。最高の光景だ。

しかも、膣穴からはとろりと逆流してきた精液が溢れてきて、那月の太ももを伝っていく。

「んんっ……熱いのこぼれてきてる……はぁっ……お兄ちゃん……」

「那月……」

敬太は那月の白い尻をまだ撫で回しながら、顔を近づけて口づけする。

ちゅっちゅっと互いに軽いキスを交わし、敬太はさりげなく胸も揉んでその感触を楽しむ。

「今夜もいっぱい楽しんじゃったね、わたしのおま×こ……義妹えっち、そんなに気に入っちゃった……？」

「まったく……なんでおまえはこんなに最高なんだよ……おまえのま×こ、俺のち×

ぽを気持ちよくしすぎだろ……」

　敬太は後ろから那月を抱きしめ、ちゅばちゅばと今度は深めのキスを交わす。

「そりゃ、この義妹ちゃんはお兄ちゃんを気持ちよくするためにいるんだからね。ひっひっひー、まだ夜は長いのに今日だけでフェラ、騎乗位、パイズリ、あとお風呂で立ちバックで二発か。合計五発も射精するなんて、すっごー♥」

「おまえの身体がエロすぎて、何発射精しても治まらねぇんだよ……」

　敬太は那月のおっぱいを持ち上げるようにして揉みながら、舌を絡め合い、わざとち×ぽを尻に押しつけてやる。

「やんっ……また硬い……おちん×ん節操がなさすぎだよ♥」

「那月のここも、まだトロトロこぼれてきてるぞ」

「きゃうっ♥」

　那月のま×こからは、精液の逆流は止まったようだが、まだ愛液がこぼれてきている。

　胸を揉まれ、キスしているうちにまた感じてきてしまったのだろう。

「お兄ちゃん……もっとちゅーしよ、ちゅー。義妹ま×こに六発目を射精したかったら、わたしが満足するまでちゅっちゅしてね♥」

「那月が満足するまでか……難しそうだな」

敬太は苦笑して、那月の身体を後ろから抱き寄せ、また唇を重ねる。

キスして興奮して——これではいつまでもこの義妹の身体を楽しみ続けてしまう。

二人だけの家で、二人だけで風呂に入って、この美少女の身体を好き放題に楽しめる。

ずっと暮らしてきた家に小悪魔が入り込んできて大変なことになったと思ったら、すっかりその小悪魔に夢中になってしまっている。

敬太は、後輩だった美少女への未練よりも小悪魔な義妹への欲望のほうがはるかに勝っていることに気づいた。

どうやら、兄と義妹の夜はまだまだしばらく続きそうだ——

3 天使な後輩がいる学校生活

チャイムが鳴り響き、授業が終了する。

教師が教室を出ていき、生徒たちがざわざわと騒ぎ出す。

そんな中、敬太は机に突っ伏して深いため息をついた。

「おいおい、敬太。なんでそんな死にかけてんだよ？」

「……ちょっとな」

敬太は話しかけてきた隣の席の友人に、力なく答える。

「そーいや、親父さんが長期旅行に出かけてるとか言ってたな。それなら、逆に楽になるんじゃね？」

「……完全に一人暮らしになると、それはそれで疲れんだよ」

別の友人の問いかけにも、適当に答えておく。

敬太は一応、父親の再婚についてはまだ友人にも伏せてある。

ただの再婚ならば隠すようなことでもないが、相手の連れ子にちょっとばかり問題があるわけで、気心の知れた友人たちにも簡単には話せない。

両親の新婚旅行もついでに伏せていて、父親が一人で旅行に出かけたことにしてある。

友人たちはたまに敬太の部屋に遊びに来ることもあるので、そのくらいは明かしておいたのだ。

ただ、今後は友人を家に招くのは難しそうだ。なにしろ、今の敬太の家にはアレがいるからだ。

「ふう……」

いろいろ考えると気が重い。

そうはいっても、那月(なつき)ほどの美少女が家にいていつでも抱けるのだから、悪いことばかりとも言えないが。いや、むしろ最高すぎるくらいだが。

今朝も那月のパンツのドアップで起こされ、すぐにち×ぽをしゃぶられて一発射精(だ)してしまった。

しかも朝食を終えて身支度する前に、那月に「着替えさせて♥」などと迫られてムラムラしてしまい、さらに一発射精してしまった。

シャワーを浴びる余裕はなかったので、那月は膣内出し（なかだし）されて精液をためたまま登校していった。

性格はともかく見た目だけは可愛すぎる那月が、兄の精液を子宮にたぷたぷとためたまま授業を受けていたと考えると——興奮してしまう。

敬太は、己の内に秘められていた変態性に気づきつつある。

お楽しみも多いが、それだけ消耗もしている。朝からフェラとセックスで二発も射精してからでは疲れてしまうのも当然だ。

ふう、と敬太がまたため息をついたところで。

「おーい、次は自習だとさー」

「え、マジで？　ちょっとコンビニでも行ってくるかなー」

「保健室で寝たい。ベッド、空いてねぇかなあ」

「体育館で女子の体育でも見物してくっか」

クラスメイトたちは、わいわいと騒いで自習をどう満喫するか話し合っている。

もちろん、真面目に自習する者などいないし、敬太も例外ではない。

「ふわぁ……学食の自販機に栄養ドリンクってあったっけ？」

敬太があくびをしながら立ち上がると、友人から「あるわけねーだろ」と突っ込まれる。

敬太は教室を出て階段を下り、一階の学食の自販機でジュースを買ってから裏庭に出て、そこにある非常階段に座り込んだ。

サボリの定番スポットだが、今日は上手い具合に誰もいない。

敬太はジュースをごくりと一口飲んで、非常階段の柵にもたれかかる。

せっかくの自習時間なのだから有意義に使いたいところだが、今は友人たちからも離れて静かに体力回復を図るのがベターだろう。

家に帰ればまた義妹(いもうと)のエロすぎる誘惑が待っている。

その誘惑に抗うすべはない。というより、あまり抗うつもりもない。

今日は何発、那月の生ま×こに膣内(なか)出しできるか。今から楽しみで仕方ない。

どんなに疲れていても、那月を抱くことはやめられないだろう。

那月の身体は最高で、あの小悪魔めいた笑みにも興奮するようになっている。

本当に俺は、どうしてしまったのか――

「ケータせんぱーい！」

「ぶっ!?」

口に含んでいたジュースを、漫画のように噴き出してしまう。

むせそうになりながら、声がしたほうを見ると、その那月がたたたたっと駆けてくるところだった。

「な、那月？」

今まさに、那月の身体を思い出していやらしい想像をしていたところなので、つい焦ってしまう。

「ケータ先輩が、こっちに行くのを見かけたんで。ちょっと迷ったんだけど、追いかけてきちゃった♥」

トコトコと近づいてきた那月は——なぜかテニスウェア姿だった。

ピンクのポロシャツに、ひらひらした白いスコート。さすがに寒いのか、上にジャージを羽織っている。

「……いつからテニス部に入ったんだ？」

「次、体育でテニスなんだよね。テニス部の友達にウェア借りちゃった。ほらこれ、可愛いから一度着てみたかったんだー」

那月はジャージを脱ぎ捨てて、ウェアを見せびらかしてくる。

「だからって、体育の授業でテニスウェア着る必要もねぇだろ」

「バスケ部とかバレー部のユニフォームを借りて着たこともあるよ。なんか、みんなわたしにそういうの着せたがって貸してくれるんだよね」

「そりゃ、おまえを着せ替え人形にして遊んでるんだよ」

那月にいろいろ着せてみたい気持ちはわからないでもないが。

「わたしも楽しいからいいんだよ。これ、ちょうど体格が同じくらいでよかった。胸はちょっとキツいけど」

「まあ、那月くらいの胸の女子はそうはいねぇよな」

ポロシャツの胸元は、確かにぱつんぱつんになっている。ブラジャーのラインまで見えてしまいそうだ。

「つーか、体育なんだろ？　もうチャイム鳴ってるぞ。俺のクラスは自習だけど、那月のトコはそうじゃないだろ？」

「わたし、体育苦手で。たまにおサボりしちゃってるんだよね。今日もそれでいこうかなと」

那月は、ぺろりと舌を出して笑った。

学校での後輩モードの那月は、やはり可愛すぎる。

「でも、先輩だって教室の外に出てちゃダメでしょ。わたしと一緒、一緒。おサボりだよ」

「おサボりね……」

サボるのは那月であって、敬太ではない。

それに、この学校は別に名門でもなんでもない。少々のサボりくらいで謹慎などの処分を受けたりするほどハードではない。

「先輩、先輩、そこ座っていい？」

「ああ」

敬太は、非常階段に座ったまま隣を軽くはたいて汚れを払ってやる。

「わっ、先輩ってば紳士。優しいね」

「たいていの男子は、女子には優しいんだよ。下心があるからな」

「下心があっても、ぼっちの女子にはあまり声はかけないよ。孤立してる女子なんて、爆弾みたいなもんだからね。一人のぼっち女子に声をかけたら、その三十倍の女子に嫌われるんだよ」

「……そんな仕掛けになってるのか」

敬太にも、那月の言わんとしていることはわかる。

ぼっちになっているということは、そんな状況に追い込んでいる女子たちがいるということだ。

そんなぼっち女子に声をかける男子に、いい感情を持つはずもないだろう。

つまり、入学直後に孤立していた那月にちょっかいをかけたのは、危険な賭けでもあったわけだ。

「でも俺、那月に声をかけても特に女子たちに攻撃されなかったぞ？」

「まあ、一応先輩だし、あまり露骨なこともできないし。まだクラスのグループも固まりきってない時期だったからかなー」

「ふーん、そんなもんか」

もっとも、一年の女子たちに攻撃される危険があると知っていても、敬太は那月にかまってやっただろう。

ぼっちの那月を見ていられなかった、という感情はそんなものより優先される。

「ケータ先輩はよくも悪くも空気読めてなかったね。おかげで、わたしは助かったんだけど」

「別に助けたつもりもねぇって。こんな話するの、何度目だ?」

「何度でもいいよ。わたしは先輩に感謝してるんだから」

「ふーん……ていうか」

敬太は、じーっと那月の顔を見つめる。

「おまえ、今日はいつもどおりだな。他に誰もいねぇのに。完全に後輩モードだ」

「ん? ああ、だって学校だもん。学校ではいつも可愛い後輩の那月ちゃんだよ」

「……うーん」

確かに、義妹として家に迎え入れたあとも、那月は学校での態度は以前と変わっていない。

変わらなすぎて、ちょっと不気味なくらいだ。

「だから、わたしは内弁慶だって言ったじゃん。学校ではケータ先輩に可愛がってもらいたい那月ちゃんなんだって」

「内弁慶ねぇ……弁慶になったときが強すぎる気がするが」

「義経も守りきれそうだね」

「だろうな……」

敬太は頷く。きっと、我が家の弁慶なら衣川の戦いも切り抜けるに違いない。

「……うーん、わたしはいつもどおりだけど、ケータ先輩はなんか疲れてるみたいだね？」

「あのな……」

疲れさせている本人に言われても困る。

「あ、そっか！　ご、ごめん。そういうこと……だよね？」

「……察してくれたみたいで助かる」

敬太としても、疲労の原因が那月だと言いたくない。

那月を責めていると誤解されそうだし、そもそも敬太がノリノリで彼女の身体を楽しんでいるのだから、人のせいにはできない。

「本当にごめん……内弁慶モードのわたしは、誰にも止められなくて！」

「い、いや、謝るようなことでもない」

「……でもさ、ケータ先輩は……家でのわたしってあまり好きじゃないよね？」

「は？　なんでそう思うんだ？」

「だ、だって……家でのわたし、めっちゃ性格歪んでるし……」

「歪んでるな」

「そこは否定してっ、先輩っ！」

那月はふくれっ面をして、ぽかぽかと敬太の肩を叩いてくる。

なんだろうか、この可愛い生き物は。

小柄で非力な那月に叩かれてもまったく痛くないばかりか、何度も当たる手の感触が気持ちよく感じるくらいだ。

というか、こいつはマジで二重人格じゃないのか？

敬太は再び疑問に思わざるを得なかった。

まるで、後輩と義妹、二人の那月がいるかのようだ。

「もーっ、義妹モードのわたしはともかく、後輩のわたしは前みたいに可愛がってほしいんですけど！」

「俺、そんなにおまえを可愛がってたか？」

「友達はみんな、同じ部活とかでもないのにケータ先輩とわたしみたいに仲がいいのは珍しいって言ってたよ。先輩に可愛がられて羨ましいって言ってる子もいるし」

「へぇ……ん？　その子ってまさか……」

「え？　あっ、違うよ！　別にケータ先輩が好きなわけじゃなくて！　つーか、先輩を好きになる物好きなんてわたし以外にいるわけないじゃん！」

「…………」

「あ……そ、その、好きっていうのは後輩としてってていうか、やっぱ救ってもらった恩があるというか、そういう意味で……だーっ！」

那月は立ち上がって、頭を抱えて「あうあう」と唸り始める。

やっぱり、この生き物は可愛すぎる。敬太は、ひらひらとスコートを揺らして唸っている那月をじっと見つめる。

テニス用のスコートはかなり短くて、その下からちらりと白いものが覗いている。

「……って、ちょっと待て」

「きゃうっ!?」

敬太は身を乗り出して、ひらひら揺れているスコートの裾を掴んだ。それから、ぴらりとそれをめくり上げる。

「ちょ、ちょっと、先輩……いきなりなにを……」

「や、やっぱりか……！」

スコートの下には、普通はアンダースコートというものをはく。

アンスコは、たっぷりフリルのついた――要するに見せパンのようなものだ。

テニスウェアであるスコートは、ミニスカートみたいなもので、動いていれば簡単にめくれてしまうので、普通の下着をはいていたらパンチラしまくりになってしまう。

「那月、なんでアンスコはいてないんだよ！」

「え？　アンスコってなに？」

「天然か、おまえは……」

那月は、テニスウェアの着方をよく知らないらしい。

敬太も詳しいわけではないが、テニスに興味がなければ知らなくても不思議はないかもしれない。

「スコートの下は、アンスコっていう見せパンみたいなのをはくんだよ！　ウェアと一緒に貸してもらわなかったのか？」

「あー、そういえばポテッとしたパンツみたいなのがあったような……パンツははいてるからいらないと思って」

「………………」

この後輩は、変なところで抜けているらしい。

「体育に出なくてよかったな……出てたら、パンチラしまくるところだったぞ」

「女子だけだから大丈夫……って、ケータ先輩？」

「うん、ちょっと……」

目の前に、那月の可愛いお尻がある。散々撫で回し、穴を広げて見たことまであるが、それでも興奮せずにはいられない。

敬太は、少女の小さな尻をパンツ越しに揉むようにして撫でる。

「んっ……せ、先輩……ここ、外なんだけど……！」

「もう授業始まってるし、誰も来ないから大丈夫だ。大丈夫、ちょっと尻を楽しむだけだから」

「だ、大丈夫じゃ……んんっ、先輩っ……！」

敬太は後輩モードの那月にすっかり興奮してしまっている。

最近は小悪魔な義妹に責められてばかりだったが、今日の那月は敬太を心配してくれたりと、以前までの彼女だ。

「今日は後輩モードの那月で、しかもえっちしてもいいんだからな……そりゃ、ちょっとくらいは楽しまないと」

「べ、別にえっちしていいなんて……んん、あんっ、お尻広げちゃダメぇ……んっ、あっ、ああんっ♥」

聞き慣れたあえぎ声すら、いつもと少し違うような気がする。

義妹モードの那月はあえぎながらも、不敵に笑ったりしていたが、今の彼女はひたすらに可愛い。

「わっ、ちょっと、先輩っ、それヤバいって……！」

「いいから、いいから」

敬太は調子に乗って、那月を引き寄せてスコートの中に顔を突っ込み、尻にむしゃぶりついた。

「あんっ……！　そんなとこに顔突っ込んで……あんっ、ああっ、お尻舐めちゃ……あんっ、あっ、ああっ……♥」

敬太は、小さいけれど柔らかい尻肉を口に含んでしゃぶり、べろべろと舐め回す。真っ白でぷりぷりした尻の感触が素晴らしい。じゅるじゅると音を立てて尻を吸い、片手で撫で回す。

「やっ、あんっ……ダメだってば……先輩、そこヤバい……んっ、はぁんっ、お尻べろべろしないでぇ……んんっ、はぅんっ」

さりげなく手を前のほうにも回して、那月のその部分に指を這わせてみる。

やはり、そこはじっとりと濡れていて、下着が湿ってしまっている。

「んんっ、あっ、おま×こも……んっ、お尻とそこ、責められたら……んんっ、あっ、ちょっと指突っ込んじゃ……あああっ♥」

敬太は那月のパンツに指を滑り込ませ、入り口に軽く指先を突っ込む。愛液が溢れてきているそこを、ほじるようにしていじり回す。

「はうんっ、あっ、ぐりぐりしないでぇ……あんっ、わたしの膣内から溢れてきちゃうっ、んんっ、あっ、ケータ、せんぱぁいっ……♥」

那月は足をがくがくさせて、甘い声を上げ続けている。

学校で授業中に後輩で義妹の美少女のスコートに顔を突っ込み、尻とま×こを同時に愛撫できるとは。

敬太の興奮は止まるどころか、ますます加速してしまう。

パンツごと尻を舐め回し、ま×こに指をずぼずぼと突っ込んで膣内を刺激する。

「せ、先輩っ……あんっ、もうお尻……ダメっ……！　お尻、そんなにされたら、ダメになっちゃう……先輩っ、おま×こも……あんっ、指、深いよぉ……！」

「うわ……もう那月のここ、ぐしょぐしょだぞ。これじゃ……あとではけなくなっちゃうよな」

「う、うん……これ以上は無理ぃ……パンツ、ぐしょぐしょになっちゃう……」

「そうだよな……」

「きゃっ!?」

敬太は、ずるりと那月の白いパンツをずり下ろす。ぷりん、と尻の肉が弾むように揺れた。

「せ、先輩……外なのにそんな……パンツ脱がしちゃ……！」

敬太はかまわずに、尻を撫で回しながら那月にくるりと回らせ、こちらを向かせる。

剝き出しになった秘部が、敬太の前に現れる。何度となく敬太のち×ぽをぶち込まれても、処女のときと変わらないピンク色の綺麗なま×こだ。

「おお、まだ溢れてきてるな……」

「ひゃうっ……んっ♥」

敬太は舌を伸ばして、ぺろぺろとま×こを舐め始める。縦筋に沿うようにして舌を動かし、ちゅっちゅっと口づけて溢れてきた愛液をすするように舐める。

「んっ、そんなとこ……んっ、あっ、舐めるなんて……あんっ、誰かに、見られるかもしれないのにっ……せんぱぁい……もうエロすぎ……！」

「那月のここがエロいんだよ……」

敬太は、さらにべろべろとま×こを舐め回し、つうっと上のほうまで舌を這わせて、クリトリスに口づける。

ちゅるちゅると音を立ててクリトリスを吸い、軽く噛むようにしてやる。

「ひゃうっ……♥　はっ、はぁんっ♥　そ、そこは……か、感じすぎるからっ、ダメっ……んっ、はうんっ♥　クリ舐めるなんて……あんっ、ああっ、吸わないでぇ……！」

そんなことを言いつつも、クリトリスを舌と唇で愛撫されて、那月の膣からは噴き出すようにして愛液がこぼれてきている。

敬太はさらにクリトリスを責め、指でつまんでこりこりとこする。

「んんっ、はっ、ダメっ、あんっ、おま×こ……あんっ、そんなにされたら、わたし学校で絶頂っちゃうっ、あんっ、先輩っ、先輩のお口でわたし、絶頂っちゃうっ！」

びくっびくっと那月は身体を震わせ、非常階段の柵に必死にしがみつくようにしている。

敬太はクリトリスから縦筋まで、舌と手で味わいまくり、止まることなく溢れてくる愛液をすくうように舐める。

「はうんっ、あっ、声出ちゃうっ、こんなにされたらっ、誰かに聞かれちゃうっ、んんっ、あっ、せんぱぁいっ、せんぱぁいっ……！♥」

那月は甘えたような声を上げて、何度も身体を震わせる。舌や手が那月の膣口を責め、クリトリスを責めるたびに絶頂ってしまっているようだ。

敬太は、じゅるじゅる音を当てて愛液を吸い、クリトリスに口づけ、膣口を広げてその奥へと指を滑り込ませていじくる。

「義妹の那月のま×こは散々いじったけど、後輩ま×こも悪くないな……」

「い、一緒だよ……わたしのそこ、お兄ちゃんにいじられたところと、同じ……んっ、あっ、先輩っ、あっ、あああんっ！」

敬太にとっては、なんとなく義妹と後輩、二人を続けて犯しているような気がしてくる。

もちろん同一人物なのはわかっているが、ま×こや尻の味わいが微妙に違うようにさえ感じているのだ。

そう、俺は半年間ずっと気になっていた可愛い後輩のま×こを、好きなようにしゃぶっている——

敬太は、ムラムラとさらに欲望がこみ上げてくるのを感じて。

「な、那月……」

「え？　きゃっ……！」

敬太は、太ももの付け根のあたりまで下ろしていたパンツをさらに引っ張り下ろした。片足だけ抜いて、足首のところに引っかけさせる。

「ちょ、ちょっとだけ。ちょっとだけ、ま×こ使わせてくれ」

「えっ、えぇ？　も、もしかしてここで……？」

敬太は頷いて、ズボンから勃起したち×ぽを取り出して、那月の片足を抱え上げるようにする。

那月はよろめきそうになり、非常階段の柵にしがみついた。

「ま、待って……おちん×ん挿入れるのは……い、いいけど……せめて誰も見てないとこで……」

「いや、そんなの待てない……那月のここも待てなそうだぞ」

敬太は、ち×ぽの先で、つんつんと那月の膣口をつつく。愛液がまだトロトロこぼれているそこは、ひくひくと蠢いて物欲しそうにしている。

「そ、そんなこと……先輩、そんなに後輩ま×こもバコバコしたいの……?」

「ああ、いいんだよな……?」

「も、もう……しょうがないなあ」

那月は、敬太に何度もパンチラを見られても「しょうがないなあ」で済ませてくれた。

今や、那月は敬太がち×ぽをま×こに突っ込んでも「しょうがないなあ」で許してくれるらしい。

「それなら……遠慮なく……!」

「きゃんっ……!」

敬太は那月の片足を抱えて、ぐいっと腰を進めてち×ぽをずぶずぶと後輩のま×こへとねじ込んでいく。

「せんぱぁいっ……♥」

甘えた声とともに、那月が敬太のペニスを根元まで受け入れ、ぎゅうっと締め上げてくる。

まるで初めてのときのような、キツくとろけるような締めつけだった。

「んんっ、先輩のおちん×ん、入ってきたぁ……♥　んんっ、お、おっきいっ……あんっ、すんごいよぅ……！」

那月は柵に掴まり、ずぶずぶとペニスが入り込んでいる自分の性器を驚いたように見つめている。

「ううんっ、んっ、あんっ……ふ、深く入っちゃってる……あっ、ああんっ、先輩っ、先輩のおちん×ん、わたしの奥まで届いちゃってるよっ……♥」

敬太は頷いて、さらに深くにペニスを押し込む。腰を激しく振り、子宮を突き破るほどの勢いでち×ぽを後輩ま×こに突き入れていく。

「ちょっ、せんぱいっ……深すぎっ……んんっ、そんなに奥まで何度も挿入れたらっ、あんっ、あっ、ああっ、後輩ま×こ、壊れちゃ……あんっ、あっ、あああっ♥」

「あー、やっぱりいつもと感触が違うな。那月の膣内、めちゃめちゃトロトロで気持ちよすぎるぞ……！」

「んんっ、んっ、先輩こそ、いつもより興奮して……んっ、義妹のわたしより、後輩のほうが、好きなの……？」

「そんなもん、どっちもいいに……決まってるだろっ」

「きゃうんっ♥」

ぐいっと那月の身体が浮き上がるほど強く突き、彼女は可愛い声を上げる。

敬太はさらに高く那月の片足を抱え上げ、突き上げるようにして後輩ま×こを貫き続ける。

「んんっ、ああっ、ふぁんっ、そんなに足広げたら恥ずかしっ……先輩っ、やんっ、あっ、本当にえっちなんだから……んんっ、しょうがないなあ♥」

「義妹ま×こも最高だったが、半年間ずっとこの後輩ま×こに突っ込みたかったんだからな。やっと念願が叶って、最高だ……！」

「そ、そんなこと考えてたんだね。せ、先輩……あんっ♥」

もちろん、那月もわかっていたはずだ。というより――

「那月も、先輩のち×ぽがずっとほしかったんだろ」

「そ、そんなの……あっ、あっ……！」

「ちゃんと答えたら、もっと深いところまで突っ込んでやるぞ？」

「うう、いつもと違って、先輩に責められてる……んっ、あっ、あっ……！」

敬太は、わざと小刻みに浅く突いていく。子宮や那月の感じるところをわざと外している。

「も、もうっ……先輩のいじわるぅ……♥　そ、そうだよ、先輩のおち×ぽ、ずっとほしかった……！　先輩と一緒にいるとき、いつもわたしのおま×こ、きゅんきゅんうずいちゃってて……先輩のおち×ぽでずぼずぼしてほしかった……！」

「おまえこそ、えっちな後輩……だよな」

「はうっ……！　あんっ、あっ、あああぁっ……！」

敬太は那月の答えに満足して、奥へとち×ぽを突き入れ、ぐいぐいと子宮に届くほど深く押し込む。

「んんっ、あっ、また奥にっ、来たぁっ……！　ずっとほしかった、先輩ち×ぽ、わたしのおま×こずぼずぼしてるのっ……！　うんっ、あっ、せんぱぁい♥」

那月はもう嬉しそうな顔を隠しもせず、敬太のペニスを受け入れ、みずから腰も振っている。

愛液が溢れ続けていて、ち×ぽを柔らかく受け止め、奥へと導いてくる。

「くっ……那月……すげーいいぞ……！」

「きゃあんっ……！」

敬太は、片手を伸ばしてピンクのポロシャツの裾から手を突っ込み、ブラジャーの上からぐにぐにと胸を揉む。

「んんっ！　おっぱいまで……んっ、あんっ、はぁっ、ああんっ……！」

敬太は後輩のおっぱいを揉みつつ、さらに腰を密着させてち×ぽを奥へと押し込んでいく。膣内は愛液でトロトロでありながら、なにかが絡みついてきて、ペニスが奥へ入るたびに締めつけてくる。

「うおっ……また締めつけがキツく……！　おまえ、おっぱい揉まれて喜びすぎだろ……！」

「だ、だってぇ……先輩、いつもわたしのおっぱい、ガン見してたよね？　いつ揉まれちゃうんだろって楽しみにしてたんだもん……！　んっ、んっ、義妹じゃなくて、後輩のわたしのおっぱい揉まれたの、これが初めてだから……んんんっ♥」

那月はトロけきった顔で、嬉しそうにあえいでいる。

敬太はブラジャーの中に強引に手を入れて直で柔らかな乳房を揉み、ぐいぐいと彼女が喜ぶポイントを突きまくる。

「んんっ、またっ、奥に……あんっ、はぁっ……せんぱぁいっ……もうっ、わたしっ、ダメぇっ……おち×ぽ気持ちよすぎてっ……！　わたしの後輩ま×こ、きゅんきゅん感じすぎて、あんっ……また絶頂(イ)っちゃうっ……！」

那月が背中を反らして身体をびくびく震わせ、ぎゅぎゅっと膣内(なか)を締め上げてくる。

義妹モードだろうと後輩モードだろうと、感じやすくて絶頂(イ)きやすい身体に変わりはないようだ。

敬太は、絶頂ってしまった那月のま×こを執拗に責め続ける。がしがしと子宮を突き、おっぱいを荒々しく揉む。

「んんっ、あっ、あっ、先輩っ、ケータせんぱぁいっ……！　わたしのおま×こ、何度も絶頂って敏感になって……！　あああっ、あんっ♥」

「い、いいぞ……那月の敏感な後輩ま×こ、最高だ……！　こんなにキツく締められたら、俺ももう……！」

「ま、待って、先輩っ……きょ、今日は……膣内はダメっ……！　先輩のどぴゅどぴゅいっぱい射精るからっ……こぼれてきたら……ダメっ……あんっ、今日だけは、お願いだから、膣外に射精してぇっ！」

「あ、ああ……！」

膣内出しできないのは残念だが、可愛い後輩からのお願いとなれば断るわけにもいかない。

敬太は、ぐいぐいと腰を振り、唇を噛みながらこみ上げてくる欲望をなんとか抑えつつま×こを突き――それでも限界はすぐに訪れた。

「くっ……那月、射精るっ、もう射精るぞ……！」

「うっ、うん……膣外に……んんっ、飲んであげるからっ、お口に……先輩っ、わたしのお口の中に射精してぇっ……！」

「ああ……射精すぞっ、那月っ！」

敬太はギリギリまで耐えてから――ぐっと勢いよく那月のま×こからち×ぽを引き抜いた。じゅぽっと淫らな水音が響き、溢れた二人の体液が弾ける。

「せんぱいっ、おち×ぽお口にちょうだいっ……！」

那月は跪いて、敬太のち×ぽを口いっぱいにくわえ込んだ。ちゅるるっと那月に吸い上げられると同時に――

「んっ、んっ、んんんんんんんんっ……♥」

敬太は、那月がくわえたち×ぽをさらに奥へと押し込みながら、一気に白濁液を解き放つ。

どぴゅるるるるるるるるっ、どぴゅぴゅっ、どぴゅるるるるるるるるるっ！

少女のあたたかい口内で、欲望が次々と溢れ出して止まらない。

敬太は身体を震わせながら、那月の喉に届くほど深く突っ込んだち×ぽから激しく精液を注ぎ続ける。

「んんっ、んっ、んーっ♥　んっ、んんっ……！　んっ、んんっ！」

那月は小さな口にち×ぽをくわえたまま、苦しそうに精液を飲んでいる。

「……お、おい……那月っ」

敬太は思わずペニスを後輩の口から引き抜いた。ずぼっと抜いたち×ぽはまだ射精中で、先端からぴゅっと飛び出した白濁液が彼女の顔にかかっていく。

「あっ、んんっ……熱い……んっ、ケータ先輩の、まだこんなに射精てる……んっ、んんっ……やぁんっ……射精しすぎぃ……♥」

「っと、悪い……ちょっと飲みきれなさそうだったから、つい……」

勢いよく大量に射精しすぎたせいか、那月は少し苦しそうだった。

引き抜いたまではよかったが、まさか顔射してしまうとは。

那月の可愛らしい顔に、欲望の白濁液が大量にかかり、つうっと頬を伝って地面にまで落ちている。

敬太は、嬉しそうな顔をしている那月の頭を軽く撫でてやる。

なんとなく、そうしたくなったのだ。可愛い後輩がその小さな身体で欲望を受け止めてくれたのだ。

褒めてあげるくらいは、先輩としては当然のことだった。

「あー、でもやっと後輩の那月とヤれたなあ。いや、義妹だろうが後輩だろうが同じなのはわかってるんだが」

「そんなことに感動しなくても……もうっ」

那月は、両膝をついて敬太のち×ぽにまた顔を寄せてくる。

「まだちょっと射精てるよ……後輩ま×こ、気に入りすぎだよ。んっ、ちゅっ、んっ、ちゅっ、れろっ……」

まだ先端から少し白濁液がこぼれているち×ぽを、那月が小さい舌を伸ばしてぺろぺろ舐め取っている。

「なんだ、お掃除までしてくれるのか、俺の後輩は」

「……しょうがないよ。わたしの先輩の面倒は、後輩が最後まで見てあげないと」

那月はち×ぽに口づけ、ちゅうちゅうとまだ残っていた精液まで吸い上げてくれる。

ついこの前まで処女だった義妹にして後輩が、お掃除フェラまでしてくれるとは、意外な展開だ。

「先輩のおちん×んはえっちだからなあ。これ、ちゃんとヌキヌキしてあげるのはわたしの役目だよ。あ、他の子とえっちしちゃダメだよ？」

「そんな相手、いないのは知ってるだろ……」

「だよねー。ケータ先輩におま×こ使わせてくれるのは、後輩か義妹のどっちかだけだもんね」

「そりゃ、二人とも同じだっての」

敬太は、ちゅるちゅるとち×ぽをすすっている那月の頭を引き寄せ、また撫でてやる。

「んっ、んん……んっ、ちゅっ、ちゅっ……おちん×ん、まだ硬いよ。もう……でも今日は一回だけだからね？」

「わかってるって。ここじゃ膣内出しできねぇしなあ……」

那月に口内射精するのも気持ちよかったが、やはりできることなら彼女には生ハメ種付けをしてやりたい。

「後輩モードの那月を抱くなら、放課後に人に見つからないところを探しておかねぇとな」

「もー……まだ学校でわたしのおま×こ使うつもりなの？　そんなに必死にならなくても、家でならいくらでも膣内出しさせてあげるのに」

「家で義妹の那月とヤるのとはまた違うだろ……うわっ、ちょっと強く吸いすぎ……射精ちまうだろ……！」

「えー、さっきあんなにわたしに飲ませて、顔射までしたくせに、まだ射精るの？　先輩ったら、そんなに後輩のわたしとヤりたかったんだね。しょうがないなあ」

那月は苦笑いして、ぺろぺろと優しく竿を舐め上げていく。

「でも、今は射精すのはダメ。ちゃんとためといてね♥　お家に帰ったら、義妹の那月がどぴゅどぴゅ膣内出しさせてあげるよ♥」

「……そりゃ我慢するのが大変そうだ」

「がんばってね、ケータせんぱいっ♥」

可愛い後輩が可愛く言って、可愛くぺろりと根元から先端までち×ぽを舐めて、亀頭にちゅっとキスしてくれた。これで終わりらしい。

「あ、しまった……パンツ、地面についちゃってる。ケータ先輩が、変なところに引っかけとくから……もうっ」

那月は屈み込んで、足首に引っかかったままのパンツを抜き、手に取ってぱんぱんと汚れを払っている。

なぜか屈んだままなので、スコートの下の可愛いお尻と——後輩ま×こも丸見えだ。

「……那月っ！」

「ふぇっ……!?」

敬太はこらえられず、那月の尻を摑んで後ろから一気にち×ぽをぶち込んだ。

まださっきまでの愛液が残っていたのか、それともお掃除フェラで興奮していたのか、膣内(なか)はたっぷりと濡れていた。

後輩ま×こがぎゅうっと絡みついてきながらも、敬太のち×ぽは奥へと入り込んでいき——

「ちょっ、先輩っ!?　なにしてるの、なんでまた挿入(い)れて——きゃんっ、動いちゃダメっ、ちょっと、射精かかってたんだよね？　そ、それじゃあ……！」

「悪い、やっぱりせっかくの後輩ま×こだから、一発膣内出ししておきたい……！」

「そ、そんなぁ……も、もうっ、先輩……ダメだってばぁ！」

そう言いながらも那月は逃げようとしない。むしろ敬太に向けていた尻をさらに突き出すようにして、ち×ぽを受け入れている。

「くっ……那月の口がよすぎたから……もう、こんなにま×こ締められたら、無理だ……！　射精すぞ、那月の後輩ま×こに種付けするからな……！」

「あ、あっ、あああああああああああああああああああんっ……♥」

敬太は、ち×ぽをねじ込むようにして限界まで突っ込み、それから一気に精液を解き放った。

どぴゅうううううううっ、どぴゅっ、どぴゅっ、どぴゅぴゅぴゅぴゅぴゅぴゅっ！

「あ、ああ……射精されてる……ダメだって言ったのに……先輩、わたしのおま×こに膣内出ししてる……んんっ、あっ……！」

「やべぇ、全然止まらない……全部射精すぞ……！」

「も、もう……しょうがないなあ」

後輩の那月が口癖を言って、尻を押しつけるようにしてくる。どうやら膣内出しの許可が出たようだ。許可をもらう前に、種付けしてしまったわけだが。

びゅっ、びゅっ、びゅびゅっと勢いよく精液が那月の子宮へと流れ込んでいく。既に口内に一発放ったというのに、さっきよりもさらに大量にどくどくと放たれている。

「家まで我慢してって言ったのに……んっ、まだ射精てるの？　あんっ、後輩ま×こに精液そんなにいっぱい射精したら……んんっ、学校でこぼれたら……ケータ先輩のザーメンだって言っちゃうよ？」

「後輩の那月も、けっこう悪い子だな」

敬太は、やっと最後の一滴を射精しきって、那月のま×こからち×ぽを引き抜いた。たちまち、後輩ま×こから逆流してきた白濁液が溢れてくる。

「んんっ……もう溢れてる……んっ、んん……悪い子は、後輩ま×こに膣内出ししちゃうケータ先輩だよ。もうっ……ちゅっ」

那月はすっと身体を寄せてくると、軽くキスしてきた。

どうやら、可愛い後輩は禁止されていた膣内出しをキメても怒っていないらしい。

「ちゃんと、家に帰っても膣内出ししてやるからな」

「えー、今こんなに射精しといて、義妹ま×こにも生ハメ種付けしちゃうの？　義妹の那月は、ヤらせてくれるかなあ？」

「ウチの義妹も可愛い奴だからな。なんだかんだで、生ま×こにハメさせてくれるだろ」

敬太は那月のおっぱいを軽く揉みながら笑って言う。

今日はぜひ、一緒に帰って玄関に入ったとたんにむしゃぶりついて一発ハメたいところだ。楽しみになってきた。

「後輩ま×こに膣内出しするのは一発だけだからね？　んっ、あっ、また溢れてきてる……こんなに射精されるなんて……酷いよ、ケータ先輩♥」

「悪い、悪い。まだ残ってるかな？」

「きゃんっ♥」

敬太は、また少し硬くなっているち×ぽの先で、那月のま×この縦筋をずりずりとこする。

さすがに二発目の膣内出しはできないが、もうちょっと可愛い後輩の身体を味わっていたかった。

自習が終わるまでは、まだ多少の時間が残されている。

「やんっ♥　ケータ先輩、えっちぃ♥　まだ後輩のおっぱいとま×こ、味わっちゃうの？　しょうがないなあ、もう少しだけだよ？」

「ああ、もう少しな」

敬太は那月の身体を抱き寄せ、ポロシャツの中に手を潜り込ませておっぱいを揉み、スコートの下にはち×ぽを入れて先っぽでま×こを軽くほじる。

敬太が那月を抱いたのは、彼女が義妹になってからだったが――
ようやく、あの可愛い後輩のすべてを自分のものにできたような気がしていた。

4 ナイショな義妹はお兄ちゃんが好きすぎて愛がウザぃ

気持ちのいい日曜日だった。

本来、敬太にとって、日曜日はためていた家事を一気にこなす日だった。

まめなほうだと自覚しているが、それでもまだ学生の身だ。ついつい面倒になって、学校から帰ってもダラダラしてしまい、掃除や洗濯を先送りにしてしまうことは珍しくなかった。

だが、放っておいても誰も片付けてくれないので、最終的には自分でやるしかない。

「いやー、気持ちのいい日曜だね、お兄ちゃん♥」

「……まあな」

先を歩く那月が振り返って笑い、敬太も一応頷く。

この日曜、敬太は那月に連れ出されて街へ買い物に来ていた。

今日もためこんでいる家事がないわけではないが、義妹に強引に誘われては断れない。

この前、後輩の那月と初エッチを経験したあとも、義妹のほうは特に変化無しだった。

学校で那月をかなり好き放題にヤりまくってしまったので、あとで逆襲されるかと思ったが、義妹はいつもどおりだったのだ。

もっとも、いつもどおり家でも何度となく彼女を抱いているのだが。

「なに？　お兄ちゃん、気持ちいい日曜に義妹と気持ちいいことをヤりたいわけ？」

「そ、そんなわけねぇだろ！」

今は、まだ昼過ぎ。こんな時間からそんなケダモノみたいなこと——

と反論しようとして、敬太は学校では昼間から那月に生ハメ種付け、フェラまでさせたことを思い出した。

「ふふーん、ホントかなぁ？　ま、今日はお買い物だから、むしろ脱がすんじゃなくて着せるほうだね」

「好きにしてくれ……」

敬太の買い物といえば、食料か日用品だ。ファッションにも興味はないし、これといった趣味もない。

そもそもわざわざ混雑する街に出かけて買い物など、めったにしない。

今日は那月の好きにしてもらってかまわなかった。普段、那月の意地悪いディスは浴びているが、それでも彼女の身体を好きにさせてもらっている。

日曜の買い物に付き合って、荷物持ちくらいはしてもバチは当たらないだろう。

「ひっひっひー、義妹にエロいスケスケの服とか着せてみる？」

「そんなもん、那月には似合わないだろ」

「うわっ、傷ついたー！　わたしがちょっと小さいからって、エロスと無縁だとは思うなよ！」

「無縁だとは思ってねぇよ」

那月は、性格はともかく見た目は可憐と言ってもいいのだから、どう考えてもお色気方面に振るのは間違いだ。

可愛らしい服装こそ、那月の魅力を引き立てるのにぴったりだろう。

「くすん……わたし、今は着るものにも困ってるのに。もうちょっと優しい言葉をかけてくれたっていいのに」

「……確かに、着るものには困っていそうだな」

敬太は那月をじーっと眺める。

「おまえ、日曜なのになんで制服なんだ？」

「ウチのグループは、日曜でもけっこう制服で出かけるよ。これが一番男が釣れるんだって」

「なっ……！　お、おい……！」

「なーんて、冗談冗談。お兄ちゃん、焦ったー？　可愛い義妹がビッチなのかって焦っちゃった？」

「…………」

考えてみれば、那月はまぎれもない処女だった。

処女でビッチなどということはあり得ないのだから、一瞬でもそんなことを疑ったのが馬鹿馬鹿しい。

「あははは、お兄ちゃん、めっちゃびっくりしてる！　つーか、わたしをどう思ってんの」

「前は天使じゃないかと思ってたが、自分の馬鹿さに呆れてるところだ」

「おおー、まさかの天使！　そこまでわたしを美化してるとは思わなかったなあ。後輩の那月ちゃんはそんなに愛らしかった？」

「今でも後輩の那月は愛らしいと思ってるよ」

目の前にいる小悪魔も可愛いのだが、それは言わない。調子に乗るから。

「思いっきり含みのある台詞だね。ま、いいけどー。今日はとことん付き合ってもらっちゃうよ」

「ああ、わかったよ」

いくら那月が小悪魔といっても、街中でおかしなマネに及ぶこともないだろう。

それに、一応那月は義妹になったのだから面倒を見るのは敬太の役目でもある。

「兄妹デートなんてできるのも今のうちだしねー」

「やっぱ、そういうもんかな」

敬太にも、那月の言いたいことは理解できる。

「実の兄妹でも、この歳になったら一緒にお出かけなんてめったにしないよ。友達でお兄さんと普通にデートに出かける子もいるけど、それは例外だね。わたしたちみたいな新米兄妹だと、あまり仲良くしてたら怪しさ大爆発だよ」

「……要するに親父たちに怪しまれるってことだろ」

「ウチのママも、ケータパパも変に思うだろうね。わたしたちが先輩後輩なのは知ってるけど、仲良しすぎても困るかも」

「親父たちが帰るまでもう少しあるけど、ゆっくり出かけられるのは日曜くらいだもんな」

「そういうこと。この貴重なチャンスをたっぷり活かすとしようか、お兄ちゃん」

「お手柔らかにな」

那月がニヤ～ッと笑ったので、敬太は嫌な予感がしてならなかった。

だが、貴重なチャンスというのはそのとおりだ。両親が新婚旅行から帰ってきたら、嫌でも二人の目を気にしなくてはならない。

大手を振って、那月と一緒に外出できるのは今のうちだけだ。それを思えば、那月にゆっくり付き合うくらいはしてもいいだろう。

というわけで、敬太は那月に街を連れ回され――

「お、おい、那月。もうそろそろいいんじゃねぇの？」

何軒目かカウントするのも面倒になった店を出たところで、敬太は那月を止めた。

両手には、当然のように那月が買った服の袋を持たされている。

「えー、お兄ちゃんってばだらしなーい。まだ三時間くらいしか経ってないよ？」

「三時間もひたすら服を見続けるとか、俺には拷問だっつーの」

敬太が服を買うときは安売りの量販店で、適当なものをさっさと見繕って済ませる。

少々ダサくてもあまり気にしない。むしろ、オシャレな服装をするほうがハードルが高い。

「お兄ちゃん、イケメンでもないのにオシャレして調子乗ってる――とか思われたくないんでしょ？」

「うっ……！」

まるで敬太の心を読んだかのような台詞だった。小悪魔は魔法も使えるのか。

「あははは、大当たり。別にお兄ちゃん、素材はそんな悪くないと思うけどな。もちろん、イケメンじゃないけど。まあ、わたしは顔は気にしないよ。よかったね」

「そうっすか」

「おちん×んは、おっきいしね」

「おいっ!?」

敬太は慌てて周りを見回す。

周りは那月と同じような年頃の少女ばかりだが、敬太たちの会話など誰も聞いていなかったようだ。

「気にしない、気にしない。聞かれても、兄妹プレイをしてるカップルだと思われるだけだよ」

「それはそれで困るんだが……」

そんなカップル、どこから見ても変態だろう。

「それじゃ、ちょっと一休みしようか。うーん……よし、こっち」

「えー、まだ歩くのかよ……」

敬太が不満いっぱいの顔をすると、那月はその手を取って歩き出した。

義妹の面倒を見る覚悟はしていても、体力の限界というものがある。

那月は少し歩くと、近くのビルにあったカラオケボックスへと入っていった。

「ふー、腰を下ろすともう立ち上がりたくなくなるね」

「まったくだな。でも、カフェとかでもよかったんじゃねぇの？」

「ここのカラオケボックス、ソファもふかふかだし、料金も他より安いし、いいんだよ。カフェだとあんま長居しづらいしねー」

「なんだ、前にも来たことあんのか」

「友達と一緒にね。ここらの学生だと、けっこう使うんだよ」

ふーん、と敬太は頷く。カラオケはあまり好きではないので、友人と行くことも少ない。

敬太たちは軽食を注文し、ドリンクバーで飲み物を取ってきた。歩き回って小腹も空いてるし、喉ももちろん渇いている。

「ふぁー、やっと一息つけたなあ」

「お兄ちゃん、お兄ちゃん。くつろいでないで、せっかくのカラオケなんだから歌わなきゃ」

「えー、俺はいいよ。おまえが好きに歌ってくれ」

「いいのー？　わたしが歌い出したら止まらないよ？」

「…………」

そういえば、那月ともカラオケに来たことはなかった。割としつこいタチだし、マイクを手放さないタイプなのかもしれない。

敬太は一瞬、戸惑って――まあいいか、と思い直す。買い物に付き合わされるよりは、座っていられるカラオケで延々と那月の歌を聴くほうがマシだろう。

「じゃー、一曲目、いっきまーす」

那月の歌は――異様に上手かったり、どこかのガキ大将ばりの騒音だったりすればオチがつくのだが、普通だった。

特に上手くも下手でもなく、非常に評価しづらい。

「いぇーいっ！　ほら、お兄ちゃんも手拍子くらいしてっ！」

「あ、ああ」

敬太はどうもカラオケで手拍子したりマラカスを振ったりするのが気恥ずかしい。

あまりカラオケに来ないのは、そのあたりも理由かもしれない。

しかし、手持ち無沙汰なのも事実で――今さら、那月相手に照れることもないだろう。

「――あー、ちょっと疲れちゃった！」

那月は元気いっぱいで七、八曲も歌い、マイクを放り出してソファに座り込んだ。

手拍子しているだけの敬太も相当疲労しているので、那月のほうはもっとだろう。

「たっぷり歌ったなあ。でもまだ時間けっこうあるね」

「そうだな、早めに出る分には別にいいだろうが」

カラオケ慣れしていない敬太は、座ってるだけでも少々疲れる。料金のことはいいから、そろそろ外の空気を吸いたい気分だった。

「うーん……よし、ちょっと待ってて」

「ん？」

那月は、なぜか買い物袋の一つを手に取ると、部屋から出ていった。

「なんだ……？　汗かいたから今日買った服に着替えるのか？」

それならもう帰ればいいのに、と思うが那月は簡単に敬太を解放してくれないだろう。あの小悪魔は、そんなに甘くない。

せいぜい、那月がどんな可愛い格好で戻ってくるか楽しみにするか。

敬太は、長期戦を覚悟することにした。今日買った服を全部見ていたわけではないが、いくつか敬太好みの可愛い服も買っていたようだし、那月ならなにを着ても似合うだろう。多少期待してもいいはずだ。

「お兄ちゃん、お待たせーっ！」

「ああ、おまえなにを着て――って、なにを着てるんだ!?」

敬太は勢いよく開いたドアから現れた義妹を見て、思わず立ち上がってしまった。

現れた那月は、だぼっとしたパーカーを着ていたが、部屋に入ると同時にそれを脱ぎ捨てた。

パーカーの下に着ていたのは、グレーのセーター。

それだけなら別になんの問題もなさそうだが——普通のセーターではなかった。

ハイネック、ノースリーブで、丈は太ももの付け根くらいまで。

そのセーターだけで、スカートもズボンもはいてないのは問題だ。

だが、それ以上に——セーターは腕と太ももだけでなく、横乳（よこちち）がほとんど見えてしまっている。

那月のぷりんとした大きな胸は、何度も丸ごと見ているのに横だけ見えているというのが異様にエロい。

しかも、後ろ側はほとんど布がなく、つるりとした背中は丸見えだ。

さらに背中の下、尻まで半分近くあらわになっている。真っ白でぷりんとした柔らかそうな尻もまたエロすぎる。

「なっ、なんなんだ、いったい……！」

「え、お兄ちゃん知らないの？　まあ、ちょっと旬（しゅん）を過ぎた感はあるかなあ。ほら、〝童貞を殺す服〟だよ」

「そんなもん売ってるのか!?　どこで買ったんだよ！」

「お兄ちゃんの目を盗んで、ちょこっと」

「なんの意味があるんだ、その行為に……」

敬太が把握している限り、そんな妖しげな服を売っているような店には行っていないはずなのに、いったいいつの間に。

「お兄ちゃんがもう童貞じゃないのは残念だけどね。でもまあ、わたしに童貞食べられたのはつい最近だし、ほぼほぼ童貞と言ってもいいのでは」

「つい最近処女を食べられた奴の台詞とは思えねぇな……」

「やんっ、でも心はまだ乙女だよ、わたしは♥」

「そうっすか」

あれだけ散々毎日ヤりまくって乙女と言われても、説得力は皆無だ。

敬太自身も、自分が童貞だった頃などはるか遠くのことに思われてしまう。

「でもさ、せっかくのデートなんだし、童貞を殺してほしいでしょ？」

「人生でそんな台詞を聞いた男がこの世にいただろうか……って、ちょっと待て！」

敬太は慌てて天井を見上げて、さっと視線を走らせる。

カラオケボックスなら、おそらく――

「あ、大丈夫、大丈夫。このお店って、なぜか防犯カメラがないんだよね」

「……それってコンプライアンス的に大丈夫なのか？」

「さあ？　普通に営業してるんだし、お客さんのほうには関係ない話でしょ」

那月の言うとおりだった。敬太はあらためて室内を見回し、確かに防犯カメラがないと確認する。

こんな格好の那月を、カラオケボックスの店員に見せたくない。

「それじゃ……もう童貞じゃないけど、お兄ちゃんの童貞を奪った身体、使ってみる？」

「んん!?　こ、ここでヤろうっていうのか……!?」

「わたしがヤろうって言ってるんじゃないよ」

「は？」

那月は、ニヤ～ッと笑うとソファに座っている敬太の前に跪いた。セーターに包まれた胸が、ぷるんと揺れる。もちろんノーブラなのだから揺れるのは当然だ。

「ほら～、ズボンの前がこ～んなにふくらんじゃってる。エロい格好の義妹に興奮しすぎじゃない？」

「お、おまえがそんな服で挑発してるんだろ！」

「もっちろん。お兄ちゃんを挑発するのが、わたしの楽しみなんだから♥」

那月は、敬太のズボンからち×ぽを取り出す。彼女が言ったとおり、そこは既にガチガチに硬くなっている。

この見た目だけは最高に可愛い義妹が、横乳も背中も尻も太ももも丸出しの格好をしているのだ。これで勃起しないはずがない。

「ん～っ、んっ、ちゅっ……んんっ……これが童貞ち×ぽならもっとよかったのになあ♥」

「お、おいっ……」

那月は、舌を伸ばしてべろべろと敬太のペニスを舐め始めた。既に充分硬くなっていたそれが、義妹の愛撫でさらに欲望を抱えてふくらんでいく。

「んんっ、んっ、んん……ちゅっ、ちゅっ……ふぁ……ねえ、お兄ちゃん。今日は買い物に付き合ってくれたし、好きなことしていいよ？」

「好きなことって……」

普段から割と好きなようにしているので、あらためて言われると迷う。

フェラもパイズリも、一緒に風呂も既に楽しみまくっているし、もちろんあらゆる体位でヤっている。

そうなると、今の那月の服装を活かして――

「だったら、ちょっと胸を使わせてもらっていいか？」

「んー、義妹おっぱいでパイズリしたい？　相変わらず、欲望には忠実だよね、お兄ちゃん。いいよ、このち×ぽで義妹のおっぱい、好きにして♥」

那月は、ニヤニヤと笑っている。

敬太が自分の誘いにあっさり乗ってきたことが、この義妹にはよほど嬉しいことらしい。

「じゃあ、おまえのおっぱい、使わせてもらうぞ……」

「どうぞ……って、お兄ちゃん、なにしてんの!?」

敬太はソファから下りて、那月の横に立つとその左腕を持ち上げて——

セーターの横の開いた部分から、横乳にこすりつけるようにしてち×ぽを突き入れた。

「やっ、やんっ……えぇ……お兄ちゃん、こんなのしたいの？」

「うん、締めつけはないけど、これもいいな……」

困惑する那月にはかまわず、敬太は腰を振り始めた。

胸とセーターの間に突っ込んだち×ぽは、多少こすれる程度だがなかなか気持ちいい。ふわふわと柔らかい義妹おっぱいに強くち×ぽを押しつけるようにして、さらにこすっていく。

「んっ、あんっ……な、なにこれ……！　んんっ、あっ、おちん×ん、おっぱいに押しつけられて……んんっ、服の中でこすれてる……♥」

那月にも刺激はさほどないだろうが、意外な責め方に驚いているのか、甘い声を上げ始めている。

ずりっ、ずりっと柔らかなおっぱいとセーターの間でち×ぽがこすれ、快感が伝わってくる。

「あっ、んっ、お兄ちゃんち×ぽが、わたしのおっぱい、ずりずりこすってるっ、あっ、んんんっ……！　なにこれ、こんなの……は、初めて……♥」

那月も初めての感覚に戸惑っているようだ。

敬太は調子に乗って、さらに童貞を殺す服の奥へとち×ぽをねじ込み、激しく腰を振っていく。

セーターはめくれていき、片方の胸がほとんどあらわになりつつある。

「はっ、あっ、んんっ……おちん×ん、ダメぇ……んっ、こんなの……あんっ、あっ、あああっ……わたしのおっぱい、なんでこんなので感じちゃうの……！」

あらわになった片乳が、敬太のち×ぽでこすられ、ぷるんぷるんと揺れている。

敬太はその硬くなったピンク乳首をペニスの先端でずりずりとこすり、またセーターの中へと突っ込んでいく。

これは、たまらない……可愛い義妹がエロすぎる格好をしているだけでも刺激的なのに、ち×ぽで童貞を殺す服の中を好き放題に突いている。

肉体的な刺激は薄くても、このシチュエーションと視覚的な刺激が充分に敬太の欲

望を煽ってくる。

「きゃっ、あんっ、お兄ちゃん……あっ、ああっ、お兄ちゃん、お兄ちゃんのち×ぽ、義妹おっぱい、ズリズリしてる……！　うんっ、んんっ、ああああ♥」

　考えるまでもなく、義妹のセーターにち×ぽを突っ込んでシコシコこすっているなど、変態すぎる。

　それでも、敬太も那月も止まれない。童貞を殺す服とやらには驚かされたが、こんな風にお楽しみできるなら最高だ。

　敬太は、那月の腕を引っ張ってさらに彼女の身体を引き寄せ、ち×ぽでぷるんぷるんのおっぱいを蹂躙していき――

「くっ……ヤバい、もう……！」

「おっ、お兄ちゃん……もうっ、ド変態だなあ……義妹のおっぱいをこんな、んんっ、えっちに犯して……精液どぴゅどぴゅ射精しちゃうの？」

「あ、ああ……とりあえず一発射精させてくれ……射精る、射精る……！」

「ちょっ、お兄ちゃん……！　服には射精しちゃダメっ……お口に……！」

「ダメだ、口は間に合わない……！」

　敬太は、ずるっとセーターからち×ぽを引き抜くと、一度軽く手でシゴいて――どぴゅるるるるっ、と精液が飛び出した。

義妹おっぱいで興奮したち×ぽから迸った白濁液が、童貞を殺す服の開いた背中へと、勢いよくかかっていく。

「きゃっ、あんっ……背中に、かかってる……あっ、あっ……お兄ちゃんの精液、いっぱい……んんっ、あっ……どぴゅぴゅって射精ちゃってるよ……！」

那月の真っ白な背中を、敬太の欲望が汚している。

敬太はこみ上げてきた精液をすべて那月の背中に放ってしまうと――

「ふう……これも最高だったな。那月」

「も、もう……こんなときもお掃除はさせるんだね」

那月は困ったように言い、また跪いて敬太のち×ぽをしゃぶり始めた。

まだ少し白濁液がこぼれているち×ぽの先をぺろぺろと舐め、じゅるじゅると中に残っていた分まで綺麗に吸い上げてしまう。

普段は生意気で生意気で生意気すぎる義妹だが、お掃除をきちんとしてくれるところは素晴らしい。

「んっ、んちゅっ、んんっ……んっ、んん……ふあぁ……もうっ、人の背中にたっぷり射精してくれちゃって。お兄ちゃんってば、性癖がねじ曲がってない？」

「なにしろ童貞を食べた相手がねじ曲がってるもんでな……」

「あー、義妹のせいにしてるね。んっ、んむっ、んん……お兄ちゃんのここにたまってるの、口かおま×こで処理してくれてる義妹に感謝してほしいね」

那月は、たぷたぷと玉袋をお手玉するようにしている。

「ていうか、もしかしてまだここ、いっぱいたまってるのかな……？　もうおちん×ん、硬くなっちゃってるけど？」

「そりゃ、まだまだ射精せるが、硬くなってんのは那月のお掃除のおかげだぞ」

敬太は、那月の小さな頭を優しく撫で撫でする。

こんな可愛い義妹にしゃぶられて、ち×ぽが硬くならないわけがない。

「でも、お兄ちゃんのち×ぽ、射精しても射精しても止まらないからなあ。ここだと、ちょっとヤりにくいかな？」

那月は、小さな手でち×ぽをシコシコしながら首を傾げる。

「そうだなあ……」

義妹の言うとおり、このカラオケボックスで何ラウンドもこなすのは難しそうだ。

防犯カメラがないとはいえ、なんらかの弾みで店員が入ってこないとも限らない。

「……ここのカラオケ、防犯カメラがないって教えてくれた友達がさ、前に言ってたんだよね」

「なにを？」

「ふふーん、お兄ちゃん、せっかくだし、家でも学校でもないトコで、わたしのおま

×こ楽しんでみたい？」

「…………」

那月は、ち×ぽを離すと、セーターの裾をめくって――その下にはいていたピンクと白の縞パンがあらわになる。

さらに彼女はパンツを少しズラして、見慣れたま×こまであらわにする。

そこの入り口はひくひくと蠢き、愛液がトロトロ流れ出していた。

「ああ……せっかくだし、普段とは違うところで義妹ま×こにち×ぽぶち込みたい」

「素直ー♥　ふふん、じゃあ義妹ま×こ、ゆっくり楽しめるところに行こうか♥」

敬太は、この際だからもうどこでもよかった。人に見られなければ、外でもかまわないくらいだ。

とにかく、早く那月の義妹ま×こにち×ぽをねじ込んでズボズボしたい。

もうそれだけしか考えられない――


「へー、初めて来たけどこんななんなんだねー、ラブホって」

「ちょっと圧倒されるな……」

ただ、ヤるためだけの部屋。

敬太はもっとケバケバしい、ピンクで彩られているような部屋を想像していたのだが、割と普通のホテルっぽかった。

もちろん、ケバケバしいラブホも普通に存在するのだろうが。

ここは、カラオケボックスから徒歩で十分ほどのところにあるラブホだ。

那月にこのラブホの存在を教えた友人も、実は来たことはないらしい。だが、その友人の情報は正確だったようだ。

情報どおりに清潔で、変に陰鬱な雰囲気などもない。

料金は安くはなさそうだが、敬太も買い物する可能性を考えて多めに金を持ってきていたので、なんとか支払えるだろう。

先に部屋に入った那月は、興味深そうに室内を眺め回している。

正直、敬太も興味津々だった。まさか、自分がラブホなどといういかがわしい場所に来るとは。

もしも那月が義妹になっていなければ、一生来ることはなかったかもしれない。

あるいは、後輩の那月と来ていたかもしれないが。

「ま、制服でも止められなくてよかったね」

「一応、上着を羽織ってたしな」

那月は、もちろん童貞を殺す服ではなく、元の制服に着替えている。

わずかの距離とはいえ、那月もあの服装で外を歩くほど常軌を逸していない。

「ところで、お兄ちゃん？」

「なんだ？」

「いきなりこれなの？　お兄ちゃんってばもう義妹に遠慮なさすぎじゃない？」

那月は、わずかに顔を赤らめながらニヤニヤと笑っている。

敬太は部屋に一歩入ったのと同時に、那月のスカートの中に手を入れ、パンツの上から尻を撫で回している。

小ぶりで肉づきが薄いが、それでもぷりんと柔らかい尻の感触は何度触れてもたまらないものがある。

「んっ、んんっ……♥　ちょっと、お尻そんなに……痴漢みたいだよ？」

「那月、痴漢に遭ったことあるのか？」

「電車でちょこっと触られたことはあるかな。お尻じゃなくて、腰とか微妙なトコだったけど」

「そんなことあったのか……」

敬太は、ちょっとばかりショックだった。

この可愛い後輩にいかがわしいマネをした不届き者がいたとは。

「ま、こんだけ可愛くてえっちな身体してたらしょうがないよ。お兄ちゃん、もしかして嫉妬しちゃった？」

「いや……頭に来てるかな」

「お、おおう……意外にストレートだね……んんっ」

敬太は答えながらも、那月の尻をしつこく撫で回している。

パンツの中に手を入れて、柔らかな尻肉に直接触り、ぐにぐにと鷲掴みにするようにして愛撫していく。

「はっ、んんっ……♥　痴漢なんかに触られてもキモいだけ。お兄ちゃんの手もエロいけど、やんっ……痺れるくらい感じちゃう♥」

那月は確かに感じすぎているらしく、ふりふりと腰を振っている。

敬太は義妹の尻を押さえつけるようにして撫で回し、さらに——

「きゃんっ……♥」

指を伸ばして、パンツの中に指を滑り込ませ、義妹ま×この入り口に差し込む。

「んんっ……もうっ、まだ座ってもいないのにいきなりそこっ……？　あんっ、あっ、そこほじっちゃ……あんっ、お兄ちゃんっ♥」

敬太が指を浅く膣に突っ込み、ぐりぐりとほじると、那月はさらに反応を見せた。

膝ががくがくと震え、今にも倒れてしまいそうだ。

「ちょ、ちょっと、お兄ちゃぁん……こ、これ以上はダメぇ♥　おま×こ、感じすぎて……た、立ってられなくなっちゃう♥」

「わ、悪い……とりあえず一発ヤらせてくれ……！」

「えっ、ま、待って、ここでいきなり……はうんっ……！」

敬太はもう我慢の限界だった。

童貞を殺す服を着たエロい姿を見せられて、おっぱいを使って一発射精(だ)しただけなのだ。

もう一刻も早く、那月のま×こにねじ込みたくて仕方なかった。

敬太は、那月を壁に押しつけるようにしてから、スカートをめくり上げ、同時にパンツをズラして勃起したち×ぽをぐいっと入り口に押し当てる。

「んんっ、もうっ……べ、ベッドまで我慢できないのぉ？」

「とてもじゃないけど、無理だな……！」

敬太は腰を振って、那月の義妹ま×こにち×ぽを押し込んだ。ぎゅぎゅっと膣内(なか)が締まってペニスを押し返そうとするかのようだ。

尻とま×こへの愛撫のおかげか、多少濡れてはいるが、まだ愛液が足りない。それでも敬太は強引にち×ぽを奥へと突き入れる。

「無理って……んんっ、ベッドまで五メートルもないのにっ……あん、お兄ちゃんの、入ってきてるぅっ……！」

　敬太は壁に背中を預けた那月と向き合い、さらに腰を振ってち×ぽを奥深くへと押し込んだ。

「んはっ……あっ、まだちょっとキツい……んっ、お兄ちゃん、今日はずいぶん義妹ま×こにがっついてくるね……はうんっ……！」

　那月はいつものニヤニヤを浮かべながらも、余裕がなさそうだ。痛みがあるのかもしれない。

「那月の、あんな姿を見せられて、ま×こはお預けくらったんだからな。そりゃ、必死にもなるだろ……！」

「もー、義妹ま×こを散々味わっておいて、まだそんなにがっつくわけ？　んっ、あっ……ホントにエロいお兄ちゃんだよ……んんっ、ちょっと……いい？　んんっ、ちゅっ、んむむ……！」

　那月は壁にもたれたまま、敬太の首に手を回すと引き寄せてきた。敬太はされるがままに、義妹と唇を重ねる。

「んっ、んむむ……んっ、ちゅっ、んむむ……んっ、んんーっ、んっ♥」

　那月は、ちゅばちゅばと唇を重ね、舌を伸ばして敬太の口内に突っ込んでくる。互いにいやらしく舌を絡め、二人の唾液が混ざり合う。

「んんん……んっ、お兄ちゃん……んっ、いきなりま×こもいいけど、ちゅーくらいはしてよ……んんっ、それとも義妹の唇には飽きちゃったかな？」

「そんなわけ、あるか……」

敬太は那月のま×こをガンガン突きながらも、彼女の唇もたっぷりと味わう。トロけるように柔らかく、口内に入ってきた舌の味わいも最高だ。

義妹と激しいディープキスを交わしながら、慌ただしく対面立位で交わっている。カラオケボックスで最後までヤれなかった分、いつも以上にま×こをえぐるのに容赦ができない。

「んんっ、はっ、あんっ……んっ、んむむ……んっ、ちゅっ、んん……あんっ、キスしながらお兄ちゃんち×ぽで突かれるの、好きぃ……！」

「な、那月……那月っ……！」

敬太も夢中になって義妹の唇をむさぼりつつ、彼女を壁に押しつけながらぐいぐいと腰を振り、キツい膣内（なか）を味わう。

「んっ、はあんっ、お兄ちゃんのっ、激しすぎっ……あんっ、そんなに、されたら、わたしもおま×こ締めるの、止まれなくなっちゃうっ……ダ、ダメっ、ああっ、ああっ、んんっ、おちん×ん、奥に当たって、やっ、あああんっ！」

「くうっ……な、那月……とりあえず一発……！」

「お、お兄ちゃっ……ああああああっ！」

那月は壁にぐぐっともたれながら、膣内をキツく締め上げてくる。

敬太はもう我慢できず、ま×こに突っ込んだまま容赦なく精液を吐き出した。

どぴゅぴゅぴゅぴゅぴゅぴゅっ……！

「あっ、ああっ……い、いきなり射精されてる……わ、わたしのおま×こに、お兄ちゃんのザーメン、いっぱい……！　もっ、もうっ……こんなところで……立ったまま、生ハメ膣内出しなんて……ひどいよ♥」

「すまん……どうしても我慢できなくてな……」

敬太は、少しでも奥にち×ぽを突っ込みつつ、溢れてくる精液を放ち続ける。

たまらない……童貞を殺す服でこみ上げていた欲望が、ようやく完全に解き放たれた。あのパイズリだけでは物足りなかったが、やっと満たされた。

「ふう……」

ずぶり、とペニスを引き抜き、敬太は一息ついた。

那月の制服のスカートの裾が元に戻り、あらわになっていた性器を隠す。すぐに、逆流してきた白濁液がこぼれてきて、那月の白い太ももを伝っていく。

「やんっ……もう溢れてる……お兄ちゃん、いきなり射精しすぎぃ♥　ろくに愛撫もせずにいきなり突っ込むとか、ホントにひどいなあ♥」

那月は、ふらふらと室内を歩いて、どさりとベッドに横になった。

制服のスカートが乱れ、パンツはいてないま×こが、ちらりと見えている。

「はー、ラブホに来てすぐに膣内出しえっちとか……お兄ちゃんはホントに我慢できないよね。義妹ま×こが食べ放題っていっても、お猿さんじゃないんだから、もうちょっとじっくり味わおうよ?」

那月はベッドに寝転んだまま、ニヤニヤと笑っている。

敬太もゆっくり歩いてベッドに近づき、彼女にのしかかるような体勢になる。

「んー? もしかして、もう二発目ヤりたい? あ、さっきパイズリしてあげたから三発目か。でも、お兄ちゃんには義妹ま×こへの膣内出し以外は遊びみたいなもんかな? ふっふっふー、すんごいケダモノ……♥」

「こんな楽しい遊びならいくらでもヤりたいもんだ。義妹ま×こもとりあえず一発味わってすっきりしたなあ……ああ、今日の那月は義妹モードだよな」

敬太は、那月のセーターを脱がせ、ぷちぷちとブラウスのボタンを外してブラジャーを露出させる。

「今日は大好きなお兄ちゃんとお買い物の日だからねー。それとも、後輩ま×こに種付けしたい気分かな? ケータ先輩って呼ぶ?」

「いや……義妹ま×こを使わせてくれ」

後輩の那月を抱くなら、学校のほうが気分が出る。

ラブホで後輩を抱くというのも悪くはなさそうだが、彼女の言うとおり今日は兄としてのお出かけだ。

そんなことを考えつつ、ブラジャーも外してしまう。ぷるん、と見慣れても見飽きることのないおっぱいが現れる。綺麗なピンク色の乳首は既に硬く尖っている。

「汚したくないから、義妹の制服ミニスカも脱がしちゃって……って、もう脱がそうとしてる。あんっ、こらぁ♥　どさくさにまぎれておま×こいじらないでよ、お兄ちゃん♥」

敬太は、那月の制服スカートを脱がしながら、片手で義妹ま×こに指を突っ込み、ずぼずぼといじっている。既に一発膣内出し（なかだし）されたそこは、ひくひくと蠢（うごめ）いていて指にも絡みついてくる。

「んんっ、あっ……あんっ……お兄ちゃん、まだヤりたいんだよね？」

「当たり前だろ。膣内出し一発だけで済ませるなんてもったいない」

せっかく、ラブホというもと違うシチュで義妹ま×こを楽しめるのだ。

まだ昼間だし、別に慌てて帰る必要もないし、じっくり好きなだけ膣内出ししまくりたい。

敬太はラブホなど使用するのは初めてだが、ここなら多少汚してもかまわないというのもありがたい。

「まあ、ま×こは今味わったところだし……少しおっぱい吸わせてもらうか」

「なに、その宣言……って、んんっ♥　やんっ、義妹のおっぱいにそんなにちゅばちゅばむしゃぶりつくなんて、へんたぁい♥」

なんと言われようと、敬太は自分を止められなかった。

寝転んだ那月に覆い被さるようにして、大きくふくらんだ乳房に顔を寄せ、ピンクの可愛い乳首を口に含んだ。

ちゅるちゅる、ちゅばちゅばと音を立て、義妹の乳首を強く吸い上げていく。

「んんっ……あっ、やんっ、そんな赤ちゃんみたいに……んっ、そんなに吸っても、なにも出ないよ？　あんっ、あっ、噛んじゃダメぇ……♥」

敬太は、那月の小さな乳首をはむはむと軽く噛み、舌先で転がす。不思議に甘いその乳首は、いつまでも味わっていられそうだ。

さらに硬く、ぴーんと尖ってきた乳首を口内に含み、じゅるじゅるとおっぱいごと吸う勢いで味わい、また軽く噛む。

「はうんっ、んっ、今日は乳首責めすぎ……んんっ、あっ、そんなに乳首ばっかり責められたら……あんっ、ああっ……やんっ、ダメ、ダメぇ……♥」

敬太が乳首を噛み、吸うたびに那月は身体を震わせて甘い声を上げる。さっきの童貞を殺す服でのパイズリ、部屋に入ってすぐの膣内出しで、彼女の身体もかなり敏感になっているのだろう。

その敏感な状態で、ただでさえ感じやすい乳首を執拗に責められれば――

「きゃんっ、そこも……♥ もう、溢れすぎてて……あんっ、ダメっ、シーツびしょびしょになっちゃうよ……♥」

敬太は口で乳首を責めながら、那月のま×こに軽く触れてみた。

そこからは当然のように、びゅびゅっと勢いよく愛液が噴き出してしまっている。

那月が言うとおり、シーツがたっぷり濡れているが、そんなことは気にしていられない。既に、溢れた白濁液もこぼれているのだし、どうでもいい。

「んんっ、はっ、また乳首……やんっ、そんなに強く噛んだら跡がついちゃう……あっ、あんっ、お兄ちゃん……もっと優しくぅ……♥」

そんなことを言いつつも、那月は敬太の頭を抱えるようにして自分の胸に押しつけている。

乳首を責められるだけでこんなに甘い声を上げているのだから、彼女もたまらないのだろう。

敬太は調子に乗って、さらに義妹の乳首を責める。

「ふあっ、あんっ、そんなに……あっ、乳首べろべろしすぎ……あんっ、あっ、ダメっ、おっぱいもう……あんっ、おっぱいだけで絶頂(イ)っちゃうっ♥」

びゅるっ、びゅるるるっ、と那月のま×こから愛液がさらに噴き出してくる。

まだ義妹ま×こをいじっている手にもかかるが、敬太はかまわずに乳首を責め、膣内を指でいじる。

「んんっ、んんっ、乳首、ダメだってばぁ……！　あんっ、あああっ、乳首がびくびくしてっ、あっ、また絶頂っちゃうっ……お兄ちゃんのお口で、絶頂っちゃうっ！」

那月は愛液を噴き出させながら、びくんびくんとベッドの上で身体を跳ねさせる。

ギシギシとベッドが軋み、那月は身体をよじって甲高い声を上げる。

敬太は、乳首をしつこく吸い、舌でおっぱい全体を舐め回し、じゅるじゅると音を立ててまた吸う。

ああ、義妹のおっぱい美味しすぎる……あらためて味わうと、こんなにも美味いものだったのか。

敬太は痺れるような快楽を味わいながら、大きく口を開け、はむっとおっぱいを丸ごと口の中に含むようにした。

もちろん、那月の小さな身体に似合わない豊かなふくらみは、とてもじゃないが口には入りきらない。

なめらかですべすべしたおっぱいを口に含み、ちゅばちゅばと吸い上げ、また舌先で乳首を転がす。

「やっ、あんっ、もうっ、ダメっ……乳首そんなにされたらっ、わたしの頭、変になっちゃうっ……んんっ、ダメっ、もうっ、無理ぃ……♥」

ひときわ高い声を上げ、那月が大きく背中を反らして派手に絶頂を迎えてしまう。

さすがに少しやりすぎたか、と敬太は那月の胸から口を離し、ま×こをいじっていた手も引っ込める。

「はっ、はぁっ……やってくれたね、お兄ちゃん……わたしにこんな意地悪したら、タダじゃ済まない、よ……？」

小悪魔な義妹は、荒い息をしながらも口元に不敵な笑みを浮かべて敬太を睨んできた。まだかろうじて着ていたブラウスもほとんど脱ぎかけ、下半身はほとんどなにも身につけていない。

兄に散々しゃぶられ尽くした胸は唾液で汚れ、てらてらと光っている。

「めちゃめちゃエロい格好になってるぞ、那月……」

「なってる、じゃなくて……お兄ちゃんがエロい格好にしたんでしょ……んっ、あああっ……まだトロトロ溢れてきちゃう……はあぅんっ……♥」

那月はうっとりした顔になり、みずからの性器に軽く指で触れた。確かに、そこからはまだ愛液が溢れてきて、止まらないようだ。

「もう全部脱いじゃおうか……着替えはいっぱいあるけど、制服もあんま汚したくないしね。それとも、エロエロなお兄ちゃんは半脱ぎえっちがしたいかな?」

「……いや、たまには全部見せてもらうのもいいな。ああ、どうせ脱ぐなら……」

敬太は、ちらりと横に視線を向けた。

せっかくのラブホなのだから、目いっぱい楽しんでおきたいところだ。

ラブホの施設を使って、可愛い義妹の身体を余すところなく——


「んっ、んむむ……んっ、ちゅっ、んむむ……」

敬太はバスタブに腰掛け、その前に跪いた那月がち×ぽを夢中でしゃぶっている。

「んんん……んっ、んむっ……んっ、ちゅっ、んん……もうガチガチだね……今日も義妹のフェラでこんなに勃起しちゃうんだね、お兄ちゃんち×ぽは♥」

那月は、口にち×ぽを含み、ぺろぺろと舐め、またしゃぶってからにやりと笑いつつ言った。

ラブホの風呂場は思っていたよりずっと広かった。敬太の家の風呂場も広いが、それ以上だ。

那月はその広い洗い場に座り、さっきから敬太のち×ぽをしゃぶってくれている。

「ふぁ……わたしのお口には、こんな大きいの入りきらないからね。おしゃぶりで、全部綺麗にはできないなぁ」

　フェラというより、那月が口でち×ぽを洗ってくれているわけだ。唾液でべとべとになっているが、もちろん敬太は気にしない。

　義妹のお口での奉仕は、何度味わってもたまらないものがある。

「んっ、んむっ……ふぁっ……」

　那月は一度奥までち×ぽをくわえ込んでから、ちゅううっと吸いながら口から離した。ニヤニヤと笑いながら、最後にぺろっと亀頭を舐めてくる。

「わたし、ちょっと疲れたかも。お風呂、入らない？」

「そうだな、せっかくお湯も入れたんだし、浸かっとくか」

　敬太は頷き、お湯を張ったバスタブに浸かった。

　那月も立ち上がって、同じようにバスタブに入ってくる。敬太の顔の前を、ぷりんとしたお尻が通り過ぎていく。

「きゃんっ、こら、すぐにイタズラするんだからぁ。エロ兄ー」

　敬太が思わずその尻をぺろんと撫でると、那月はびくっと反応しつつ、湯にゆっくり浸かった。

　敬太が、小さな身体の義妹を膝に乗せるような格好になる。

「はー……いいお湯だね。広いお風呂でよかった。足も伸ばせるしね」

「那月の身体なら、たいての風呂で足を伸ばせそうだけどな」

「そんなちっこい義妹の身体を散々弄んでるのは、このおちん×んかな？」

「うおっ……」

　那月は身体を少しズラして、がしっとち×ぽを掴んでくる。そのまま、湯の中でスコスコとこすり始める。

「あー、やっぱ硬いままだね。兄妹でお風呂入って、ち×ぽ硬くしてるとか、普通に変態だよね」

「なにを今さら……」

「わたしたちが、もっとちっこいときに兄妹になってたら普通にお風呂入ったりしてたのかなあ？」

「妹がいる友達とかは、小さい頃は入ってたみたいなこと言ってたな」

「へー。ああ、ほら、さっきも話したけど、お兄さんと仲がいい友達がいるんだよね。その子なんかも、普通にお兄ちゃんと入ってたみたいだよ。つーか、実は今でもたまに一緒にお風呂入ってるとか」

「それ、ヤバくねぇ？　俺が言うのもなんだけど」

　なかなかに衝撃的な話だった。

　敬太と那月はあくまで血の繋がってない義理の兄妹、しかもつい最近家族になったばかりだ。家族としての繋がりが希薄だからこそ、一緒に風呂に入ったりもできる。

「ヤバいよね。でも、その子のお兄さんもまさかおちん×ん大きくしたりはしてないでしょ。こんなには♥」

那月は楽しそうに、手で敬太のペニスをこすっている。少しばかり窮屈だし、あまり刺激もないが、悪くはない。

「どうかな？　そいつも意外と勃起してんじゃねぇの。妹のほうも、実はここから溢れちゃってるんじゃないか？」

「きゃんっ♥」

敬太も手を伸ばして、那月のま×こをくりくりといじる。風呂の中なので、濡れてるかどうかはわからないが、那月が反応してしまっているのは間違いない。

「んっ、あんっ……もうっ、ゆっくり浸かりたかったのに……あっ、結局またこんなことに……ああんっ、指、深く入っちゃってるよ♥」

「悪い、悪い。そうだな、少しはゆっくりするか」

敬太はま×こをいじっていた指を抜いて、彼女の細い腰に手を回して抱き寄せる。

義妹の小さな背中が敬太の背中に密着し、まとめている彼女の髪から甘い香りが漂い、鼻をくすぐってくる。

「じゃあ、わたしもとりあえずはイケないお兄ちゃんち×ぽをいじるのはやめてあげる。どうせガチガチのままだろうけどね♥」

「この状況で勃たないほうがどうかしてんだろ」

こんなに可愛い小悪魔義妹が全裸で膝に乗っているのだ。後ろからではおっぱいもま×こも見えないが、身体を密着させ、吸いつくような肌の感触が伝わってきている。

これなら、実の兄貴だろうと勃起してしまうだろう。

「あー、くつろげるなあ。ねえ、今度、温泉でも行っちゃおうか？」

「二人でか？　さすがに、親にバレたらまずくねぇ？」

「親と一緒に行けばいいんだよ。そうそう、新婚旅行から二人が帰ってきたら、今度は家族旅行っていうのもいいんじゃない？」

那月は、くすくすと笑ってる。

「親父たち、そんなに休みが取れんのかな。つーか、家族旅行じゃ、さすがに男女別なんじゃねぇ？」

「混浴の温泉って、けっこうあるらしいよ？」

「いや、それはダメだろ……」

敬太は、思わず不満そうな声を出してしまう。

「あーっ、もしかしてお兄ちゃん、義妹の身体を他の人に見せたくない？　マジマジ、もしかして妬いちゃう？　義妹のおっぱいもま×こも、自分だけで独占したい？」

「そ、そりゃあ……」

はっきり言って、父親にだって那月の身体は見せたくない。

「きゃーっ、お兄ちゃん、義妹好きすぎぃ！　バスタオル巻いても、水着でもダメとか？」

「つーか、浴衣もアウトだな。那月の浴衣姿も他の奴には見せられねぇよ」

「ゆ、浴衣もダメなの？　どんだけ独占欲強いの、お兄ちゃん？」

本気で呆れているのか、小悪魔な笑みが消えている。敬太のほうを振り向いた顔は、素で驚いているものだった。

「そうだよ、独占欲強いんだよ、俺は！　小悪魔だろうと、義妹の身体、誰にも見せないし、触らせねぇよ！」

「きゃっ!?」

敬太は、那月の小さな身体を軽く持ち上げ、ち×ぽを膣口（ちつこう）にあてがって——一気に挿入してしまう。

「きゃんっ……！　ゆっくり浸かるんじゃ……あんっ、もう根元まで入っちゃってるっ……！　義妹ま×こに、お兄ちゃんの勃起ち×ぽ、挿入れられてるっ♥」

那月のま×こにち×ぽをぶち込みつつ、湯の中でぐいぐいと腰を振り、突き上げるように奥を責め始める。

「んんっ、ちょっと……あっ、んんっ、そんなに……お風呂の中でえっちなんてっ、あんっ、あっ……お兄ちゃん……ああん♥」

那月の軽い身体は、湯の中でふわふわと浮かぶように上下している。

いくら広いバスタブといってもさすがに少し窮屈だが、ま×この中の締めつけてくる感触はいつもどおり最高だ。

「んはっ、あっ、ああんっ……お兄ちゃん……あっ、あっ、あああっ……！　んっ、あっ、ああっ……あんっ、おっぱいも……♥」

敬太は片手で那月の細い腰を抱きかかえるようにしつつ、湯に浮かんでいた乳房を片方持ち上げるようにして揉んでいく。

むにゅむにゅと柔らかな乳を揉みまくり、乳首を指でつまんで引っ張る。こりこりと乳首をいじり回すと、そこはすぐに尖ってきた。

「んっ、あっ、乳首ぃ……んっ、今日はおっぱい責めすぎ……あんっ、あっ、セーターにおちん×ん突っ込まれたり、乳首べろべろ舐め回されたり……んんっ、そんなにおっぱいばっかり……んんっ、おちん×んだけでも凄すぎるのにぃ！」

那月は風呂場に反響する声を上げ、身体を上下させている。湯の中で浮力があるからか、那月の身体はいつもより軽いようだ。

敬太はおっぱいを片手で揉みながら、がしがしと那月の膣奥(ちつおう)を突きまくる。ぎゅうぎゅうと膣内(なか)のヒダが絡みついてきて、ち×ぽに最高の快感が伝わってくる。

「あんっ……！　んっ、はぅんっ……きゃっ、ああんっ……！」

敬太は、おっぱいとま×こを味わいつつ、さらに義妹のうなじに舌を這わせてぺろぺろと舐める。

那月は可愛いあえぎ声を上げながら、身体をよじって快感に耐えている。

「んっ、そんなとこ、くすぐったい……あんっ、ダメっ……あっ、ふぁん、くすぐったいってばぁ……あんっ、ちょっと待っ……きゃあんっ、そこも♥」

敬太はおっぱいを荒っぽく揉みながら、今度はぱくりと那月の耳を唇に含んだ。はむはむと柔らかな耳たぶを甘噛みし、ちゅうっと吸う。

「はっ、あんっ、ああっ……耳、くすぐったい……あんっ、やっ、身体、きゅんきゅんしちゃって……んんっ、あっ……おま×こまでうずいちゃうっ！」

那月の言うとおり、耳たぶを甘く責めるたびに膣内までぎゅうぎゅう締まってくる。

敬太は那月の反応が楽しくて、耳たぶとうなじをべろべろと舌で舐め回し、ちゅうちゅうと唇で吸う。

膣内の締まりはどんどんキツくなり、敬太は絡みついてくるそこをひたすらち×ぽで往復する。

「はっ、あんっ、おちん×ん、おちん×ん凄いよっ……お兄ちゃん、もう無理っ、わたし、これ以上は……んっ、あっ、おちん×んがわたしのおま×こズコズコして、奥にまで当たってお腹に響いてるよ……！」

那月は背を反らせて甘いあえぎ声を響かせ続けている。

敬太はその声を聞きながら、ズボズボと義妹ま×こをち×ぽでかき回すようにして突いていく。

「お兄ちゃん、お兄ちゃん……ケータ先輩っ、あんっ、あっ、もうっ、お兄ちゃんっ、お兄ちゃんち×ぽ、わたしのおま×こ乱暴にしすぎぃ……そんなに乱暴にされたら、気持ちよすぎて頭おかしくなっちゃうっ……あああああっ♥」

「ああ、那月、俺ももうこれ以上は……！」

敬太はそろそろ我慢の限界に達しつつあった。

「これで、膣内出し二発目……いくぞっ……！」

「きっ、来てぇっ……義妹ま×こにまた膣内出ししてぇっ……！　んんっ、あっ、はんっ、あああああああああああああああああっ♥」

びくびくっと那月が湯の中で激しく身体を震わせ、絶頂に達し――敬太もこらえきれずに一気に欲望を吐き出す。

どぴゅぴゅっ、どぴゅっ、どぴゅっ、どぴゅぴゅぴゅぴゅぴゅぴゅぴゅぴゅっ！

湯の中で繋がったまま、敬太は那月の子宮へとまたもや欲望をそのまま迸らせてしまう。

「はっ、あっ……射精(だ)されてるっ……また生で膣内出(なかだ)しされちゃってるっ……もうっ、こんなに膣内出しばっかりされたら……お兄ちゃんち×ぽの生ハメ種付けじゃないと絶頂(イ)けない身体になっちゃう……！」

　那月は身体の震えが止まると、がっくりとうなだれた。

　敬太は、そのまますべての精液を子宮に放出しきってから、ずぽっとち×ぽを引き抜いた。那月は、「あんっ♥」と小さく声を上げた。

「やっぱり、義妹との風呂セックスは最高だな……今日はラブホだからなんの遠慮もいらねぇし」

「う、嘘ばっか。遠慮なんかしたことないくせに……やんっ、白いのがお湯の中にこぼれてきてるよっ♥」

「これ、家の風呂じゃやりにくいな……」

「ウソウソ、その気になったら家のお風呂でも好きに膣内出ししちゃうくせに。んっ、ちゅっ」

　那月は敬太のほうに向き直って、可愛くキスしてくる。

　敬太もそれに応えてキスを返し、二人はバスタブの中で抱き合った。

「んんっ、ちゅっ、んんっ……お兄ちゃん……もっとしたい？」

「そんなの聞くまでもないだろ？」

「ふふーん、だよね。んちゅっ」

那月はニヤッと笑ってちゅっ、ちゅっとキスしてくる。

せっかくのラブホセックス、まだまだお楽しみはこれからだ。


「どーんっ！」

風呂から出てタオルで身体を軽く拭くと、那月は敬太に飛びついた。

もちろん全裸のままで、大きすぎるおっぱいがぶるんと派手に揺れる。

「おっ、おいっ。いくらおまえが軽くてもそんな勢いで抱きつかれたら……おっとっとっと！」

抱きつかれた敬太が、ふらりと後ろによろめき、壁に背中をつけた。

「ここからは、甘えんぼ義妹モードで。お兄ちゃーん♥」

「おまえに甘えられると逆に怖――んんっ」

那月は、敬太に抱きつけいたままちゅうっとキスをする。ちゅばちゅばと唇を重ね、舌を絡め合う。

濃厚なディープキスを交わしながら、那月は手探りで兄のち×ぽを掴み、そのまま自分の性器へと導いていく。

「な、那月……いきなりなのかよ……」

「いきなりセックスはお兄ちゃんだけの特技じゃないんだよ。んっ、んんっ……あっ、入って、きたぁ……」

「入ってきたんじゃなくて、おまえが挿入れたんだろ……うおっ、またキツい……」

「お兄ちゃんのち×ぽももうギンギンじゃん。んんっ、おっき……！」

那月は、膣内に入ってきた兄のち×ぽの感触に痺れるほどの快感を味わう。兄のペニスはたぶんかなり大きいほうだ。

一方、那月は身体も小さいし、おそらく膣内も人より狭い。

普通ならなかなか入らないだろうが……。

「んんーっ、やっぱわたしのおま×ことお兄ちゃんち×ぽの相性、最高……♥　んっ、あっ、あああっ……義妹ま×こ、お兄ちゃんち×ぽの形に馴染みすぎちゃった……これ、もうお兄ちゃんのち×ぽじゃなきゃダメぇっ……」

那月はち×ぽに奥まで貫かれながら、ちゅ、ちゅっと敬太に口づける。

彼女の狭い膣内は、完全に敬太のち×ぽの形に馴染むように調教済みになってしまっている。たまらない。

那月は、敬太に正面からしがみつくようにして抱きつきながら、小さく腰を振っている。

　これは、いわゆる〝駅弁〟というやつだろうか。

　那月のような小柄な身体だからこそできる体位だ。いくら那月が軽くても、敬太には重たいだろうが、彼は義妹の身体を支えながら腰を振ってくれている。

「んっ、はんっ、この体位、イイっ……！　あんっ、あっ、最高……こんな凄いのっ、わたしのま×こ、壊れちゃうっ……！」

「くっ、那月……那月のま×こ、これすっげー奥まで入ってる……！」

「んんっ、はっ、あんっ、お兄ちゃん、あっ、すっごい……奥まで来てるっ……ああんっ、あっ、おち×ぽ奥までガンガン当たってるよっ♥」

　那月は、がしっと兄の身体に抱きつき、無理矢理に腰を振ってち×ぽをむさぼる。剝き出しのおっぱいが兄の胸にくっついて、ぐにょりと潰れている。窮屈な体位だが、膣内への刺激は強烈だ。

　那月は、頭が真っ白になりそうな快感に浸りながら、さらに腰を振り、ぎゅううっと敬太にしがみつく。

「はぁんっ、あっ、おちん×ん凄いっ、凄いっ……頭真っ白になるっ、あっ、あああぁっ、おちん×んで頭変になっちゃうっ、お兄ちゃんち×ぽで、またすぐ絶頂っちゃいそうっ、絶頂っちゃいそうっ♥」

「さすがに重いが、ああっ、これはたまらねぇな……那月の身体が小さくてよかったな……！」

「ちっちゃい義妹ちゃん、大好きだもんね、お兄ちゃんっ……んっ、んあっ、あああああっ、あんっ、おちん×ん、おちん×ん……あっ、もっとおちん×んほしいっ！」

那月は膣内（なか）から愛液が止めどなく溢れ出しているのを感じている。敬太に奥まで貫かれるたびに、どんどんこぼれてくる。

「あんっ、あっ……あれ？　さっき重いって言った？　ひどいっ、お兄ちゃんっ、こんな可愛い義妹に重いなんて……んっ、あっ、ああああっ♥」

「いくらおまえが軽くても、丸ごと抱えてたら重いに決まってるだろっ……くっ、おいっ、わざと体重かけてるだろっ、倒れる倒れるっ！」

「頑張ってねー、お兄ちゃん。倒れちゃったら、膣内出（なかだ）し禁止だよ？」

那月は、わざと勢いをつけるようにして抱きつき直し、また腰を振っていく。

敬太は那月を落とさないように必死に頑張ってくれている。

ふふん、なんだかんだで優しいんだから♥　それとも、義妹ま×こをもっと味わいたくて必死なのかな？

どっちでもいいやっ♥

「お兄ちゃん、お兄ちゃん、気持ちいいっ、お兄ちゃんち×ぽイイっ、あんっ、あっ、

あああああっ……！　ち×ぽ最高っ、あっ、ああっ……もうっ、ダメっ、こんなに激しく奥を突かれたら……あああああっ♥」

「うおっ……締めすぎだって……なっ、那月っ……！」

「あんっ……お兄ちゃんのち×ぽ、びくびくしてるっ……もう射精るんだね、でももっと……奥まで挿入れてっ……子宮に全部っ……！」

那月はさらにぎゅーっと兄に抱きつこうとして——敬太が、ぐらりとバランスを崩した。

あっ、ヤバい。いくらわたしが軽くても、抱えられたまま押し倒したら危ない——

那月はとっさに敬太の背中に回していた腕をほどいて、そのまま兄の身体の上を滑るようにして床に落っこちた。

もちろん、挿入れられていたち×ぽもずぼっと勢いよく抜けてしまっている。

「きゃんっ」

「那月っ、大丈夫——うおっ⁉」

どうやら、抜けたときの刺激で敬太は一気に絶頂に達してしまったらしく——

「きゃっ……！　お、お兄ちゃ……ああんっ♥」

床に尻餅をついた那月めがけて、ち×ぽの先端から解き放たれた精液が飛び出していく。

どぴゅっ、どぴゅっ、どぴゅるるるるるるるるるるるるるるっ！

もう四発目なのが信じられないほどの、こってりと濃くて大量の白濁液がペニスから放たれて――那月の顔に、それから身体へとかかっていく。

「んっ、はっ、こんなにいっぱいっ……んっ、あっ、ああん♥　あはは、やっぱり膣内出しできなかったね。残念っ♥」

びゅびゅっ、びゅるるっ、と凄まじい勢いで吐き出された精液が、まだ降り注いでくる。那月の顔だけでなく、おっぱいからお腹、それから太ももへと伝わっていく。

「すんごい……こんなに熱くて濃いの、膣内に射精されてたら赤ちゃんデキちゃってたかもね……んんっ、やんっ、まだ射精てる♥」

那月は顔にかかった精液を軽く指でぬぐい、ニヤリと笑う。

敬太が放った白濁液は、すべて那月の身体にかかってしまった。本当にたっぷりと濃い。冗談抜きでこんなものを射精されていたら、孕んでいたかもしれない。

もっとも、いつもこれくらいの精液が那月の子宮に何度となく大量に注がれているのだが。

「ふふん……でも、たまには膣外射精もいいね。義妹の身体、全部自分のものにできちゃった感、ない？」

「……割と悪くはないな」

「あっははー、義妹にぶっかけして喜ぶお兄ちゃん、マジえろすぎー♥」

那月は立ち上がって、ちゅっと敬太にキスをする。

正直なところ、那月は膣内出しされるのが大好きだが、全身にぶっかけられるのも悪くないと思ってしまっていた。

いや、敬太にだったらなにをされても嬉しいのかもしれない。

小悪魔を上手く飼い慣らしてしまったこの兄こそ、マジで悪魔なんじゃないだろうか？

那月はそんなことを思いつつ、精液まみれの身体でまた兄に抱きつき、ちゅっちゅとキスを続けた。

二人だけであとのことを考えずに、ひたすらエッチできるラブホは今後もたまに来るようにしよう。

もちろん、料金はお兄ちゃん持ちで♥

「ふー、もうすっかり暗くなったねー」

「ああ、ちょっと疲れたな……おまえはまだまだ元気そうだな」

二人は、ラブホを出て街中をふらふらと歩いている。

「那月ちゃんはいつでも元気だよ。お兄ちゃんより若いしね」

「若いって一つ下なだけだろ……」

とはいえ、那月のほうが体力で勝っているのは確かなようだ。この小さい身体のどこにそんなパワーがあるのか。

「んー、遅くなったし、今日はどっかその辺で食べてく？」

「そうだなあ、晩飯つくるのも面倒くせえしなあ……」

ラブホで適当に済ませてもよかったが、美味しい料理が出てくるとは思えなかったので、それはパスしたのだ。

疲労している身には、ちゃんとした料理で栄養補給したいところだ。

「やっぱ、がっつり肉系かなー。お兄ちゃんのおごりに期待していいんだよね？」

「うっ……もうあんまり金ないぞ」

ラブホは思っていた以上の料金だった。敬太は普段、ラブホなどあまり気にしたこともなかったのであんなに高いとは思っていなかった。

「しょうがないなー、じゃあ今度はわたしがお金出そうか？」

「おまえこそ、あんなに服買って、金ねぇだろ。そうだな、割り勘でどうだ？」

「いいよー」

那月が、ぴょんと小柄な身体を跳ねさせて、敬太の腕にしがみついてくる。

「デキた妹でよかったね、お兄ちゃん♥」

「はいはい、ありがとう妹……よ？」

「ん？　どうかしたの、お兄ちゃ――うぇっ？」

敬太たちのすぐ前――ほんの五メートルほどの距離に見慣れた顔が三つほどあった。

「お、おい……敬太。おまえ、今〝妹〟って……」

「な、那月ちゃんも〝お兄ちゃん〟っつったよな？」

間違いなく、敬太の友人たちだった。もちろん私服姿の彼らは、揃ってぽかーんと口を開けて固まっている。

「お、おまえら……付き合ってるとは思ってたけど、高度な兄妹プレイをするほどの関係だったのか……？」

「ち、違う！」

敬太は、ドえらい勘違いをしている友人にツッコミを入れる。

ああ、否定しないほうがいいかもしれないが……可愛い後輩と付き合いつつ、〝お兄ちゃん〟などと呼ばせているか。

それとも、真実を明かすか。

大変に悩ましい選択肢なのに、那月は敬太の後ろに隠れて傍観する構えのようだ。

「ひひひー、どうするのかなー？」

そんな小声まで聞こえてきた。

こいつ、面白がってやがる……マジ小悪魔。

このトラブルへの対処は兄に全面的にお任せされたようだ。

逃げても、友人たちとは明日にはまた学校で会うのだから無意味だ。

どうやら、観念したほうがよさそうだった——


「いやあ、いつ敬太が那月ちゃんと付き合ってるって白状するかと思ってたら！」

友人の一人が、敬太の肩をバンバンと叩いてくる。

ここは、敬太の自室——

昨日、結局は敬太は遭遇した友人たちに真実を打ち明けた。

敬太と那月の親たちが再婚し、二人が兄妹になったことを。

どのみち、この部屋にいる三人の友人たちにはいつかバレることだった。彼らは時折、敬太の家に遊びに来るのだから。

そのたびに那月の存在を隠し続けるわけにもいかない。友人たちはそのまま泊まり込むことも多いのだ。

真実を明かした日の翌日、月曜——友人たちはさっそく敬太の家を訪れた。いや、襲撃しに来たといってもいい勢いだった。

間違いなくからかいに来た彼らを、敬太としてはクールに追い返したかったが、力及ばずに押しきられてしまった。

無駄な抵抗はすぐに終わり、彼らは家に上がってきて、当然のように敬太をネタに盛り上がっている。

「まさか、二人が兄妹になってたとはなあ。面白すぎだろ！」

「いやいや、家族になったのはいいけど、それを隠してたのが気に入らねぇな。敬太、おまえ水くさいじゃねぇか」

「つーか、あそこでたまたまばったり会わなかったら、ずっと隠しとく気だったのかよ。俺らが遊びに来たら、どうするつもりだったんだ？」

「那月は小さいから、クローゼットにしまっとこうかと思ってた」

「あっはっは、お兄ちゃんってば面白いこと言うなあ」

今度は那月が、ぽんと背中を叩いてくる。軽く叩いたように見せかけて、どすんと響いてくる重い一撃だった。モノ扱いされたのがお気に召さなかったらしい。

敬太の部屋には、友人たちだけでなく、那月も同席している。

那月も友人たちとは知らない仲でもないので、軽く挨拶——と言いつつ、そのまま居座っている。

那月は、まだ制服姿のままだ。着替えもせずに友人たちに挨拶しに来たのだ。

「じゃあ、その面白いお兄ちゃんと友人さんたちのために晩ご飯をつくってきますね。みなさん、食べていきますよね？」

友人たちが一斉に「やっほーう、女の子の手料理！」と盛り上がる。

「腕によりをかけてつくってきますよ。待っててくださいね」

「……………」

敬太はツッコミを入れるのも忘れて、呆気にとられてしまう。

部屋を出ていった那月が、一時間ほどして声をかけてきた。

リビングに行くと、そこには凝った肉料理やパスタなど、イタリアっぽい料理が何皿も並べられていた。

「おおーっ、美味そう！　那月ちゃん、料理上手いんだな！」

「おいおい、マジかよ、敬太。毎日、可愛い義妹の手料理食わせてもらってんのか。羨ましすぎるだろ！」

「…………………」

ざけんな、コイツ。

毎日敬太に料理をつくらせておいて、実は普通に料理ができたとは。むしろ、見た目だけなら敬太より上手いレベル。

敬太は今度こそツッコミを入れようとして、那月がにこにこ笑っている目に気づき、はっとなった。

黙ってろよ、兄貴。

いや、「兄貴」と言ってるかどうかはともかく、いらんことを言うなと那月の目が語っている。

やっぱり、こいつは小悪魔だ。敬太はあらためて実感する。

那月の料理は、見た目だけでなく味も上々だった。味のほうも敬太より上かもしれなかった。

もっとも、友人たちは可愛い後輩の手料理というだけで舞い上がっていたので、殺人級の料理でも皿まで舐める勢いで平らげただろう。

夕食を済ませ、部屋に引き上げると――

「あー、羨ましいな、敬太。あんな可愛い義妹が家に常備されてるとか！　俺も那月ちゃんのお母様と結婚する親父がほしい！」

「そんなピンポイントを狙えるか、馬鹿。ウチの親もしばらくは離婚も再婚も予定はねぇだろうな」

「でもさあ、敬太。いいのか？」

「ん？　なにがだ？」

敬太は友人の一人に目を向ける。

今は、那月は食器の片付けをしているので、部屋にはいない。

「おまえ、那月ちゃんと付き合うつもりだったんじゃねぇの？　このまま兄妹でいいのかよ？」

「……いいも悪いも、もう兄妹になったんだからどうしようもねぇだろ」

「あ、そうか。血の繋がりのない兄妹なら結婚だってできるんだよな？」

「おお、そりゃ羨ましい。合法的に一つ屋根の下だし、その気になればヤりたい放題じゃん」

「アホか、おまえら」

割と際どい会話だが、気の許せる友人同士だからこそだ。敬太も友人たちも冗談なのがわかっているから、こんな話もできる。

気が許せる仲といっても、まさかもう毎日ヤりたい放題ですとは言わないが。

「っと、俺もちょっと那月を手伝ってくる。あいつにだけ片付けを任せるのも悪いしな」

「ああ、俺らも手伝おうか？」

「一応、客だからな。おまえらは遊んでていいよ」

「んじゃ、楽しくゲームでもしてようかね。片付け終わったら、那月ちゃんも連れてこいよ」

「那月がいいって言えばな」

敬太は、友人たちに手を振って部屋を出た。階段を下りてキッチンへ向かう。

「あ、お兄ちゃん」

「ん？」

那月はキッチンで流しに向かって立っていたが、洗い物をしているようではなかった。まだ、使い終えた食器が積まれたままだ。

「なんだ、スマホ見てたのか？」

「あ、うん。友達からメッセージ来てて。返事書いてたら盛り上がっちゃって」

「まあ、それならいいが……」

どうも、ポケットにしまう動きが妙に機敏だったのが気になった。

友達とのやり取りを人に見られたくないのかもしれないが、那月はあまりそういうことを気にするタイプでもないのに。

だが、義妹の友達とのやり取りを追及するのも野暮だろう。

この小悪魔にだって、人に知られたくないことくらいあるだろうから。

「ああ、全然洗い物できてないな。俺がやろうか？」

「任せて、もうお話終わったから。義妹ちゃんは家事も万能だよ？」

「……その点、おまえには言いたいことが山ほどあるが、それもいいや」

那月は、制服の上にエプロンをつけた姿だ。

我が家では一度たりとも見かけたことのない服装でもある。

この野郎、人目があるときだけ甲斐甲斐しい女の子みたいな格好しやがって。

とはいえ、あっさり騙されすぎて、もう怒る気も失せている。那月の料理は美味かったし、今さら文句を言うのも面倒だ。

「さすがお兄ちゃん、細かいことは気にしないのは男らしいね」

「そりゃどうも」

「洗い物はわたしがするから、お兄ちゃんは友達と遊んでれば？」

「あいつらにからかわれるのもそろそろ疲れたから、一休みだ……って、なにしてるんだ、那月？」

「友達と遊んだあとは、わたしのおま×こで遊びたいかなって？」

那月は、スカート越しに尻を敬太の足に押しつけてきている。柔らかな尻は布地を通してもふわふわだ。

「正気か……？　二階にあいつらがいるんだぞ？」

「でも、お兄ちゃん。いつもなら帰ってきたらすぐに一発ハメるくせに。そろそろ我慢できないいんじゃないかな？」

那月は、嬉しそうに尻を敬太の股間に押しつけ始めた。ぐいぐいと軟らかい尻が、ち×ぽをこすり上げてくるかのようだ。

「あはっ♥　もう硬くなってる。やっぱヤりたいんでしょ？」

「……あいつら、まだ那月のことを天使だと思ってるぞ。こんなトコ、もし見られたら……」

「だから、ちゃっちゃと一発ヌいてあげる♥　わたしは洗い物してるから、気にせずおち×ぽでずぼずぼしちゃって♥」

「まったく、これじゃ完全に変態兄妹じゃねぇか……」

敬太は一瞬後ろを向いて誰もいないか確認してから、ペニスを取り出す。

那月のスカートをめくって、手探りでパンツをズラして入り口に猛りきったものを押し当てて——挿入する。

「うぁんっ……マジで入ってきたぁ♥」

「お、おい……声を抑えろって」

「ごめーん♥　でもお兄ちゃんち×ぽ、太すぎて声出ちゃうよ♥」

確かに、敬太はいつもより興奮しているかもしれない。

普段ならとっくに一発、那月の口かま×こに射精している時間なので、我慢の限界でもあった。

それに、友人たちがすぐそばにいるのに、コソコソと義妹と交わるというシチュエーションがどうしようもなく興奮させている。

「んっ、はっ……激しいっ……あんっ、じゃあもっと締めてあげる……んっ、あああっ、あああっ、お兄ちゃんち×ぽ、すっごい……あ、はううっ、んあっ♥」

那月は流しに手をついて、身体をゆさゆさと揺らしている。

小柄な身体は敬太に突かれるたびに、ふわっと浮き、じゅぼじゅぼと淫らな水音を立てる。

「んんっ、はっ、あっ、おちん×ん奥まで来てるっ……あんっ、あっ、お兄ちゃんのお友達がいるのにっ、こんなことしてっ、あんっ……ああっ♥」

「だから那月、もうちょっと声を――」

「わ、わかってるって……んんっ、あっ、はうんっ……お兄ちゃんち×ぽ、奥にガツガツ当たってる……んんっ、あっ、かき回しすぎぃ……！」

那月は一応声を抑えてはいるようだが、それでも快感のあえぎは止められないようだ。

「はっ、あっ……んんっ、やぁんっ……おっぱいも……揉みたいの？」

敬太はたまらなくなって、エプロンの横から手を滑り込ませて、制服越しに那月のおっぱいをぐにぐにと揉んだ。

制服の上からでもボリュームたっぷりの胸は手に余るほどで、子宮まで届くほど突かれた衝撃で揺れるそれを、荒々しく揉む。

「んんっ、あっ、おっぱい揉みすぎだってば……んんっ、声出すなって言っといて、そんなことされたらっ、ああんっ♥」

那月は髪を振り乱して、抑えた甘い声を上げ続ける。

「お兄ちゃんっ、あっ、あっ、ああっ……これじゃ、洗い物とか無理ぃ♥ あっ、あんっ、んんんっ……」

当然ながら、那月は食器など持っていない。こんな状況で洗い物などしたら、皿を割ってしまうだろう。

敬太は両手で荒っぽく義妹のおっぱいを揉みながら、さらに激しくち×ぽを打ちつける。ぱんぱんと互いの肉が触れ合う音が響き、那月の身体がさらに持ち上がる。

「ああ、これ邪魔だな」

敬太はずぼっと、一度ち×ぽを引き抜いた。

それから、那月のスカートを脱がして床に落とし、パンツも下ろしてしまう。剥き出しになった尻をすりすりと撫でてから、もう一度挿入れ直す。

「んんっ……！ ま、また入ってきたぁ……んんっ、ああっ、お兄ちゃん、あっ、んんっ……！ お兄ちゃんち×ぽで、わたしの膣内(なか)、いっぱいで……あっ、ああっ、んっ、また激しっ……♥」

「これって、裸エプロンみたいだな……」

「し、下だけだけどね……んっ、あっ、裸エプロン、やってほしかった？　あっ、あんっ、お兄ちゃん、マジえっち♥　義妹に裸エプロンやらせるとか、どこまで変態になっちゃうの？」

「変態だから、他の奴がいるのに……義妹を抱いちまうんだよっ……！」

「ああんっ♥」

那月は、ズンと奥まで挿入されて大声を上げてしまう。

「おおーい、敬太、那月ちゃーん！　なんか言ったかー？」

「あー、なんでもない！　那月が皿を落としそうになっただけだ！」

敬太は二階から聞こえてきた声に、怒鳴り返した。危ない、危ない。

友人たちに隠れてのセックスは興奮するが、本当に見られては困る。

なにより、那月のこの可愛い尻は友人たちにだって見せたくなかった。

「ご、ごめーん。つい、声出ちゃった。けど、お兄ちゃんち×ぽ、いきなり奥までねじ込まれたから。あっ、ちょっと、今声を出すのヤバっ……あん♥」

敬太は、かまわずに押し込んだち×ぽを激しく膣内で往復させる。絡みついてくるヒダを押しのけるようにして奥まで突き、引き抜いてはまた突く。

いつもより那月もドキドキしているからか、膣内の締めつけは暴力的なほどだ。那月のま×こに嚙みつかれているかのようだ。

「んんっ、あっ、ちょっと……む、無茶しすぎっ……んっ、お兄ちゃんっ、もうっ、声出ちゃうって……あっ、あっ、意地悪ぅ……んんっ！」

「あんまり長いことヤってると、誰か来るかもしれないからな。とりあえず、義妹ま×こで一発射精すぞ……！」

「と、とりあえずでわたしのおま×こ楽しみすぎぃ……！　あんっ、あっ、ダメっ、ダメっ、そんなに激しくされたら、絶頂っちゃうっ、絶頂っちゃったら、声出ちゃうよっ、お兄ちゃんっ……！」

那月はがくがくと身体を震わせながらも、逃れようとはせず、膣内はち×ぽを絞り上げるかのようだ。

たまらない、人目から隠れて義妹と生ハメセックスするの、楽しすぎる……！

敬太は必死になって腰を振り、那月のま×こを味わって――

「お兄ちゃんっ、お兄ちゃんっ、もう無理っ……！　わたし、声が出ちゃうから、早く射精してっ、いつもどおり生でどぴゅどぴゅ射精していいから、早く射精して、これ以上はわたしっ……！」

「あ、ああ……うおっ……！」

どぴゅるるるるるるるるるるるっ！

敬太は奥まで突き込み、さらに奥へと押し込もうとして、いきなり果ててしまう。

飛び出した精液が、那月の子宮へと注ぎ込まれていく。

「んっ、んっ……射精てるぅっ……んっ……あっ、あっ……は、早く全部射精してっ、おち×ぽ引き抜いてくれないと、わたし絶頂っちゃ……あんんっ……！」

那月はとっさに口を手で塞いで、漏れ出しそうになった声を抑えた。今まで、手で声を抑えることも忘れるほど夢中になっていたようだ。

「はっ、ああっ……んんっ……射精てる……んんっ、二階に人がいるのに、ま×こに精液、射精されちゃってる……」

敬太は、義妹の膣内で精液を出しきってからペニスをずぽっと引き抜いた。

いつもどおり、入りきらなかった白濁液が溢れてきて、キッチンの床にこぼれてしまう。

「んんんっ……お兄ちゃん……マジで膣内出ししちゃってる……こんなの、友達に見られたら終わりだよね……♥」

「まったくだな……」

敬太は那月に後ろを向かせて、ちゅばちゅばと口づけする。義妹の甘い唇を味わうのを忘れていたとは不覚だった。

「んっ、んむむ……んっ、ちゅっ、ちゅっ……んんっ……お兄ちゃん……」

「でも、誰がいようと関係ねぇな。俺は、毎日那月の身体を隅々まで楽しみたい。いいよな？」

「もちろん、いつでも義妹のおま×こ楽しんでいいよ。わたしはお兄ちゃんを好きにからかう、お兄ちゃんはわたしの身体を好きに楽しむ、そういう兄妹だよね」

「だよな……」

敬太は、また那月の胸をさりげなく揉みながら、キスを続ける。

友人との時間も大事だが、那月との生ハメセックスも欠かすつもりはない。

もう敬太の生活で、那月以上に大切なものはなにもないのだ。


「んんっ……!?」

真夜中――

敬太は、友人たちが遊び疲れて眠るのを確認すると、那月の部屋に忍び込んだ。

義妹もまだ起きていて、スマホを見ているところだった。敬太がドアを開けた音にも気づかなかったが、ベッドに入り込まれてさすがに気づいたようだ。

変な悲鳴を上げかけた那月に顔を見せて、声を抑えるように身振りで指示する。

「お、お兄ちゃん……？　ど、どうしたの？」

「いや、あいつら寝たから。ちょっと、ま×こ借りるぞ……」

「あっ……ちょ、ちょっとまだ濡れてない……んんっ……！」

那月は、薄いキャミソール一枚という格好だった。もう寒い季節だが、エアコンが充分に効いているので薄着で過ごしているらしい。

敬太はキャミソールの裾をめくると、ピンクのパンツをズラして正常位で挿入する。

「んんっ……あっ、やあんっ……キ、キツい……あっ……！」

そう言いつつも、那月の膣内は早くも濡れ始めている。ペニスを押し返しそうなほどキツいが、それでいてトロけるように軟らかい。

「はうんっ、んっ、お兄ちゃん、えっち好きすぎだってば……んっ、友達がいるときも我慢できないなんて……！」

「さっきは、那月が誘ってきただろ……今度は俺からいかないとな……！」

敬太は、那月に覆い被さるようにして腰を振る。

彼女の背中に腕を回し、上から叩きつけるようにち×ぽを打ち込んでいく。

ああ、ヤバい……まだ濡れが足りないキツキツの義妹ま×こも最高だ。ち×ぽに絡みついてくる強烈な刺激がたまらない。

「んっ、あっ、あっ、わたしの声、聞こえちゃうんじゃない……今度は、同じ階にいるんだしっ……んっ、あっ……！」

「あいつら、一度寝たら起きないから。前にスマホの着信音がなぜかすげー爆音で鳴ったことあったけど、誰も起きなかったんだよな」

「そ、それでも……あんっ、わたしの声、抑えないとおっきいから……あっ、あっ、お兄ちゃんち×ぽで突かれたら、声出ちゃうんだもんっ……！」

「大丈夫だから、声を出していい。それに、もし聞かれても那月の部屋に入ってくる度胸はないよ、あいつら」

「そ、それって、下手するとわたしがオナニーしてると思われるんじゃ……？」

「いいんじゃねぇ？　あいつらは喜ぶだろ」

「よくないよ！　学校でオナニー女だと思われたら生きていけない！」

珍しく那月が動揺している。小悪魔にも、それなりに恥じらいはあるらしい。

「ま、俺もいないんだから、俺らの関係を疑われるだろうな。どっちみち、あいつらは大丈夫だって」

敬太としても那月の可愛いあえぎ声だって誰にも聞かせたくない。友人たちが完全に寝入っているからこそ、こんなことができるのだ。

敬太は腰を鋭く振り続けながら、那月の身体をぎゅうっと抱きしめ、唇も重ねる。ちゅるちゅる、ちゅばちゅばと荒っぽく唇を重ね、那月の小さな舌を吸い上げ、しゃぶるようにする。

「んんっ、ちゅっ、んっ、んんん……！　んっ、お兄ちゃん……やっぱりお兄ちゃんとのえっち大好きぃ……！　あんっ、もっとずっとえっちしてたいっ……！」

「……ん？　そりゃ、できるだろ。今日だって明日だって、ずっと――」

「ず、ずっとじゃないんだよ……んっ、ちゅっ」

那月は、ちゅっちゅっと口づけてから、ベッドに転がっていたスマホを手に取った。

「……そういやおまえ、スマホ見てたみたいだけど、どうかしたのか？」

ただ、ネットを見ていた程度ならいいが――敬太の目にちらっと見えた限りでは、メッセージのやり取りをしていたようだった。

「……あのね、お兄ちゃん。ママとケータパパ……もう帰ってくるんだって」

「なっ……!?」

敬太は那月を奥まで貫きながら、大きく目を見開いた。驚きながらも、腰を振るのが止められないのは、義妹のま×こが気持ちよすぎるせいだろう。

「そ、それって……」

「旅行を早めに切り上げて帰ることにしたって……さっき、連絡が来てて。まだゆっくりしてていいよって言ってみたんだけど、あんまり長く家を空けるのもわたしたちに悪いって……」

「マジか……」

敬太は、那月の唇を味わい、おっぱいも揉みながら呆然としてしまう。

「二人が帰ってきたら、もうこうやって夜に生ハメセックスもできねぇのか……」

「そりゃ……無理じゃないかな。ゴムをつけてもダメだと思うけど」

「………………」

敬太は、身体を起こして那月の子宮に届くほど深くち×ぽを突き入れながら、唖然とする。

もちろん、遅かれ早かれ両親は帰ってくる。

そうすれば、敬太と那月は本当に兄妹にならなければならない。

「んんっ、はっ、あっ……だ、だから……今のうちに、義妹の那月をたっぷり可愛がってね。いっそ、学校休んで朝から夜までハメまくっちゃう？」

「いくらハメまくっても、二人が帰ってきたらもう那月とは……」

「それとも、後輩の那月ちゃんと学校でなんとかえっちする？　わたしは、お兄ちゃんでもケータ先輩でも、どっちでもいいよ？」

「那月……」

敬太は、那月のキャミソールをめくり、ノーブラおっぱいをあらわにさせて、円を描くようにして揉んでいく。

「んはっ、あっ、ああんっ♥　おっぱい揉まれただけで、こんなに声出ちゃうんだもんっ、家ではもうヤりにくいよね……あんっ、わたしとお兄ちゃんの身体の相性が最高で、こんなに感じちゃうのがアダになった、みたいな？」

「みたいな、じゃねぇだろ」

両親が戻ってきたら、もう那月を抱けないわけではないだろう。

だが、今のようにいつでもこの可愛い義妹の身体を好きに弄び、ま×こをずぼずぼ犯して、容赦なく膣内出しするには制限がつく。それは間違いない。

「そんな困った顔、しないで。わたしのま×こは、いつでもお兄ちゃん専用だから。ヤれるときには、ヤっちゃっていいんだよ？」

「ああ……」

敬太は、ぐいぐいと腰を動かし、那月の腰を持ち上げるようにしてから——まんぐり返しの体勢にさせ、上から叩きつけるようにち×ぽを押し込みまくる。

ぱんぱんと音を響かせ、繋がった部分からは愛液がたっぷりとこぼれてきて、敬太のペニスはさらに硬く大きくなって——

「あっ、あっ、お兄ちゃんっ、来ちゃうっ、わたしっ、またっ、お兄ちゃんのち×ぽで絶頂っちゃうううううううっ！」

「なっ、那月……おまえのま×こ、もっと味わいたい……もっと、もっとおまえのま

×こにだけち×ぽをぶち込みたいんだ……！」

「わ、わかってるよ、わたしのおま×こ、好きなだけ使って！　今なら、好きなだけずぼずぼできるよっ！　今のうちに、わたしの義妹ま×こ、愛してぇっ……！」

「あ、ああ……射精るっ……！」

どぴゅっ、ぴゅぴゅっ、どぴゅるるるるるるるるるるっ！

どぴゅぴゅっ、ぴゅるるるっ、どぴゅるるるるるるるるるるるるるるっ!!

敬太は子宮を突き破る勢いで奥までち×ぽをぶち込み、そのまま精液を迸らせた。

これまで何度となく膣内出しをキメてきたが、これほど大量に白濁液を吐き出したことはない、というほどの量が射精ている。

「はっ、あっ……義妹ま×こにお兄ちゃんの精液、射精てるぅ……んんっ、すっごいいっぱい射精てる……あんっ、あああ……子宮がお兄ちゃんの精液で満タンになるの、わかっちゃう……」

那月がうっとりした顔で言うと、敬太は最後の一滴まで子宮に注いだ。

それから、ゆっくりとち×ぽを引き抜く。

「はうっ……お兄ちゃん……んちゅっ……」

「那月……」

敬太は那月の身体を抱き起こして、ちゅっ、ちゅっと口づける。

「二人ともうすぐ帰ってきちゃうけど……それまで、ずっとえっちしていようか？」

「そうだな、朝になったらあいつら全員叩き起こして、すぐに帰らせよう」

「ひどいなー、お兄ちゃんハブられないといいけど」

「那月とセックスしたいから帰れって言ってやるよ」

「ええ～、お兄ちゃん、覚悟完了しすぎじゃない？　お友達、ドン引きだよ」

那月は文句を言いつつも、ニヤニヤと笑っている。

いつもの小悪魔らしい笑みだ。敬太の友人がそばにいようが、もうすぐこの関係が終わろうが、那月はいつもの那月だ――

「……いや、違うよな」

「え？」

敬太がつぶやくように言うと、那月が戸惑ったような顔をした。

これだけ、何度も何度も那月と身体を重ねているのだ。常にそばにいる義妹の考えていることくらい、わからなくてどうする。

彼女に翻弄されるのは仕方ないとしても、大事なところでは――間違いたくない。

敬太は、那月の手をきゅっと握った。手のあたたかさ、わずかな震え――

ただの先輩後輩だったら、手を握ってもなにもわからなかったかもしれない。だが、今の敬太と那月は兄妹であり、もう何度となく繋がった関係だ。

肌のぬくもりを知っている相手の本心くらい見抜けなくてどうする――

「おまえ、わかりにくいんだよ」

「え？　なに言ってんの、お兄ちゃん？」

「もう騙されない。いや、那月になら騙されてもいいが……今回だけはダメだ。絶対に騙されないぞ」

敬太は、ぽんと那月の小さな頭に手を置いた。

「このままじゃ……ダメだよな。両親が帰ってきたからって、今さら俺たちの関係は変えられねぇよ」

「……わたしはいつでもお兄ちゃんとえっちしたいけど……やっぱり、そうはいかないんじゃないの？」

「俺は那月との関係を後戻りさせたくねぇ。那月は……どうなんだ？」

「…………」

那月は黙ったまま、大きな目で敬太をじっと見つめてくる。

しばらく無言で見つめていたかと思うと――そっと首を横に振った。

「わたしだって、ヤだよ。お兄ちゃんとこんなにイチャイチャえっちするのが楽しいって知っちゃったのに、ただの〝いもうと〟になるなんて絶対に無理。先輩とお兄ちゃん、どっちでもいいなんてことはないね。わたしは……どっちもほしい！」

那月の目には涙が浮かんでいた。

小悪魔の目にも涙――？　いや、そんなシャレみたいなことはどうでもよかった。

これが、偽るところのない那月の本心なのだろう。

今回だけは、騙されてはいけなかった。那月の本心に気づけてよかったと、敬太は心からそう思う。

「那月がそう言ってくれるなら、俺も覚悟を決めよう。那月、ちょっとスマホ借りていいか？」

敬太は那月が頷いたのを確認すると、彼女のスマホを手に取った。自分のスマホを取りに行ってもいいが、余計なことをすると覚悟がにぶりかねない。

今、ここで実行しなければ――

「な、なにしてるの、お兄ちゃん？」

「……待ってろ。ほら、これだ」

敬太は手早くメールの文面を作成し、それを那月に見せた。

「お、お兄ちゃん、これって……！」

「ああ、こいつをおまえの――いや、俺らの母親に送る。まずはおまえを育ててくれた人に断らないとな。俺は、那月が好きだ――って。義妹としても後輩としてもな。だから、那月と付き合いたいって」

「わっ、ちょっと待っ……！」

敬太は、きちんと自分からのメールだと付け加えて母親へとメールを発信した。

「……よし」

「よくないよ!?　お、お兄ちゃん、本当にこれで……よかったの？」

「母親になんと言われようと、俺は那月が好きだ。親たちがお互いを好きなように、俺だって那月が好きなんだ。二人のことは応援するが、だからといって俺たちが自分の気持ちを殺すようなことはしたくない。いや、俺にはなにより大事なのは那月の気持ちだ。那月は——どっちの俺もほしいって言ってくれたからな」

「お兄ちゃん……」

那月は、しばらく呆然と敬太の顔を見つめていたかと思うと——

「ええいっ、それならわたしも！」

「ん？　那月？」

那月は、敬太の手から自分のスマホを引ったくると、手早くなにかを入力し始めた。なにを書いているのか、予想はついたが——

「あー、恥ずかしい！　那月ちゃん、一生の不覚！　こんな恥ずかしいメールを、しかも家族に送るなんて！　でも、わたしも兄としても先輩としても、お兄ちゃんとケータ先輩が好きだから！」

那月は、ぱっとスマホの画面を敬太に見せてきた。彼女もまた、今話したとおりの自分の気持ちをはっきりとメールに書いていた。宛先は、敬太の——敬太と那月の父親だった。

「えーい、送っちゃう！　いっけー！」

「……ああ、送っちまえ！」

敬太が叫ぶと、那月はスマホを勢いよくタップした。本当にメールは送られてしまったらしい。もう後戻りはできない。

「あー……やっちゃった。でも、すっきりした！」

「ああ、親父も……母さんも驚くだろうけど、これが俺の気持ちなんだから、後悔はねぇよ」

「わたしだって、なにも後悔はないよ。コソコソするのは今日だけで充分。わたしは、お兄ちゃんを好きな気持ちを隠さないから」

「俺だって……」

敬太は、那月の小さな身体をぎゅっと抱きしめて。

二人は、一瞬だけ——まるで付き合いたての恋人たちのような、初々しいキスを交わす。

「那月……愛してる。後輩で義妹のおまえを、俺はずっと抱いていたい」

「いいよ、お兄ちゃん……後輩として好きになって、義妹として愛しちゃうとか、わたしもイカれちゃったなあ」

「いいだろ、俺たちはなにも悪いことはしてない。俺は、おまえが好きなだけだ」

「わたしも……小悪魔だって、人を好きになるみたいだね」

那月はニヤッと小悪魔らしい笑みを浮かべて、敬太にキスしてきた。今度は、さっきより深い——関係を重ねてきた二人だからこそできる濃厚な口づけだった。

敬太もその那月の身体を抱き寄せ、そのキスに応えて舌を絡め合う。

二人きりで抱き合い、キスして、生ハメセックスで膣内出しをキメ続けて過ごす。

ただ、それだけのことしか考えられない。

天使は好きだが、小悪魔だってかまわない。敬太は、天使と小悪魔が同居する可愛い彼女を抱きしめ、再びその膣内へと入っていく——

エピローグ ウザ可愛い妹をずっと愛していく

放課後――敬太は、いつもの帰路をたどっている。

手にはコンビニコーヒー、これもいつもどおりブラック。

そして、隣にはこれもまたいつもどおりの那月がいて、ミルクと砂糖たっぷりのコーヒーを持っている。

二人は高台の公園に着くと、並んでベンチに座ってコーヒーをすする。

「は～、もうだいぶ寒くなったし、コーヒーが美味しいね」

「だなあ。まあ、これ以上寒くなったら外で飲んでらんねぇだろうけど」

「えー、放課後のお楽しみなのに。大丈夫、大丈夫、真冬でもコーヒー飲むくらいは我慢できるよ」

「おまえ、マジで元気だな……」

敬太は呆れて、元気すぎる後輩をじっと見る。

「どうせ、家に帰ったらすぐえっちでしょ？　その前に、コーヒー飲んで落ち着きたいじゃん」

「家でコーヒー飲んでから、ヤればいいんじゃね？」

「ウソウソ。ぜーったい、先輩は我慢できないよ。毎日、一歩玄関に入ったとたんにパンツ脱がしてくるじゃん」

「そりゃ、朝から授業終わるまで何時間も那月のま×こを我慢してるんだぞ。ぶち込み解禁になったら、即挿入は当たり前だろ」

今度は、那月に呆れた目をされてしまう。

「それ、絶対当たり前と違う……」

——敬太の家に、新婚の両親が少し早めの帰宅をしてから数日。

それからも、敬太と那月の毎日の生ハメセックスは続いている。

「那月には、また騙されたからな……あの夜、俺けっこうマジで一歩も退かない覚悟をしてたのに。親父と殴り合いになってもいいと思ってたのに」

「へへー♥　お兄ちゃん、びっくりしてたねー。大丈夫、わたしは妹じゃなくて義妹(ぎまい)だから。えっちいつでもＯＫ、一つ屋根の下でいつでも生ハメ膣内(なかだ)出しできちゃう女の子のままだよ♥」

そう――

敬太と那月の付き合いについては、両親から既に許可が出ている。

いや、出ていた。

それこそ、敬太が知らない間に。

父親の再婚相手――那月の母親は、帰宅した直後にあっさりとこう言ったものだ。

『那月が敬太くんのことが好きだっていうのは、知ってたのよ。私の再婚相手が敬太くんのお父さんだって知ったときに、この子ったら見たこともない変な顔してたから問い詰めたの』

『ぎゃーっ、ママ、なにバラしてんの！』

『あんたこそ、なにを可愛い子ぶってるの。性格悪いくせに』

『そこはママ譲りだよ！　ああー、お兄ちゃん、今の聞かなかったことに！』

『でも、敬太くんのメールはびっくりしたわー。あんなにきっぱり言ってくるとは思ってなかった。那月のメールも読んだけど、この素直じゃない子がここまではっきり言ってきたのはもっと驚いたわ。本当に敬太くんのこと、好きなのね』

『お願いだから、ママ黙って！』

という会話を間近で聞かされたとき、敬太はどんな顔をすればいいか困ったものだ。

結局のところ――

『わたし、お母さんの再婚を認める条件を出させてもらったの。ケータ先輩がOKしてくれたら、付き合ってもいいかって』

——ということらしい。

最初から、那月は義妹になりつつも敬太と付き合うことを想定していたのだ。

「そういや、その話だが……俺が那月と付き合うの、断ってたらどうしたんだ？」

敬太はコーヒーをすすってから、義妹にして後輩の彼女を見る。

「へ？　そりゃ、ありとあらゆる手を使ってでも、好きになってもらえるように頑張ってただろうね。といっても、先輩がわたしのこと好きだってわかってたけど」

「おまえ、怖い」

天使の顔の裏側で、そんな恐ろしいことを考えていたとは。

小悪魔の正体を知っている今、〝ありとあらゆる手〟というのがどんなものか想像したくない。

「ま、ざっくりした親でよかったね。ケータパパなんて、〝は？　敬太と那月ちゃんが付き合ってなんか問題あんのか？〟って言ってたもんね」

「ざっくりすぎんだろ、あの親父」

散々生で膣内出しセックスをしておいて説得力はないが、敬太は那月との関係について気にしていないわけではなかったのだ。

あの夜に送ったメールは、勢い任せではあったが、まぎれもなく本気でもあった。

たとえ親を困らせることになるとしても、どんな困難が待っているとしても、自分の意思を貫き通す覚悟はできていた。

それをあっさりと両親に認められ、拍子抜けしないでもない。

「でもまー、わたしも両親の許可が出てたっていっても、実際どうなるかはわからなかったからね。二人が帰ってきたらどうなるかわからなかった……ってトコはマジだよ。不安がなかったって言ったら嘘になるね」

「まあ、あれが全部演技だったら、俺はもう人間不信になるな」

あの夜の、那月の〝いもうと〟になりたくないという言葉は本心だろう。

だからこそ、敬太も覚悟を決められた──

「本当にお兄ちゃんと付き合っていこうって決めたのは、あの夜──お兄ちゃんがメールを送ってくれたときだよ。あれは嬉しかったなー、ふへへ」

「……変な笑い方だな。俺はまた、小悪魔のてのひらで弄ばれた感はあるけどな」

「確かに、ちょこっと弄んだ感はあるね」

「あるのかよ！」

どうやら、敬太はどう頑張っても、この小悪魔な義妹にはかないそうにない。

「そういうわけで、これからも学校では天使の後輩、お家でも天使の義妹として付き合っていくわけだね。よろしくっ♥」

「よろしく、じゃねぇよ。義妹のほうは小悪魔だろ。そのうち、悪魔に昇格確実だろ」

「わー、ひどーい。ところで……那月ちゃんはキスしたくなったけど、後輩モードと、義妹モード、どっちのわたしにキスされたい？」

「後輩モード」

敬太はコーヒーをベンチに置くと、那月の頭を抱き寄せて口づける。

「わっ、ケータ先輩……んんっ……！　んっ、んちゅっ、んむう……んっ……即答だったね……」

「もちろん、それと……」

さらに、敬太は那月のコーヒーもベンチに置いて、彼女を前に抱きかかえるようにする。

「義妹モードの那月のま×こも味わいたい。ちょうど、誰もいないし……スカートで隠せば、抱き合ってるだけに見えるだろ？」

「ちょ、ちょっと、嘘っ、ここで……あんっ！」

敬太は那月のスカートで自分のズボンを隠すようにしてから、ペニスを取り出して那月のパンツを強引に下ろして入り口に押し当てて——

「マ、マジでここで？　ちょっ、ああんっ、本当にち×ぽ入ってきたぁ……！　やっ、ああんっ、お兄ちゃんっ……♥」

那月と向き合って膝に乗せて抱えるようにしながら、ち×ぽを奥までねじ込み、腰を小刻みに振り始める。

「やっぱ、俺が最初にヤったのは義妹ま×こだからな。これが一番気持ちいい」

「んっ、あっ、お兄ちゃん、大胆すぎぃ……ていうか、義妹ま×こ好きすぎだってばっ！　義妹ま×こ、お兄ちゃんち×ぽがほしくなりすぎちゃうっ！」

那月は嬉しそうに笑い、敬太にしがみついて腰を振り出す。

言われるまでもなく、後輩の唇も義妹のま×こも好きすぎる。

これからも、敬太は後輩と義妹の那月とキスして、生ハメして、何度でも何度でも膣内出ししていく。

那月の軽い身体を抱え、ぴったりと密着しながら——

「ケータ先輩っ、お兄ちゃんっ……大好きっ♥」

天使な後輩にして小悪魔な義妹を奥深くまで貫き、その身体のあたたかさを感じ、唇も膣内も味わう。

可愛い後輩もウザい義妹も、どちらも愛し続けていく——

それはもう、永遠の誓いにも似た決意だった。

To： ママ

From： 那月

件名： 敬太です。

那月のスマホを借りてこのメールを書いています。
旅行中に悪いんだけど、どうしても今言っておきたくて。

たぶん、びっくりすると思うけど俺は那月が好きです。
那月が後輩だった頃から好きだったんだと思う。
今は兄妹なのはわかってるんだけど、自分の気持ちは変えられない。
那月と付き合うことを、どうか許してほしい。

To： パパ

From： 那月

件名： 那月だよ

こんなこと言うの恥ずいけど、わたしってケータ先輩のこと
好きというか
先輩だった頃から好きだったというか
ああ、マジで恥ずかしすぎ！
でもわたしの気持ち、ケータパパとママにも知っておいてほしくて
お兄ちゃんだけど、好きなんだよ

天使(てんし)な後輩(こうはい)が妹(いもうと)になったらウザ可愛(かわい)い

著者／鏡　遊（かがみ・ゆう）
挿絵／有末つかさ（ありすえ・つかさ）
発行所／株式会社フランス書院
〒102-0072　東京都千代田区飯田橋 3- 3 -1
電話（営業）03-5226-5744
（編集）03-5226-5741
URL http://www.bishojobunko.jp

印刷／誠宏印刷
製本／若林製本工場

ISBN978-4-8296-6485-8 C0193

先生、教え子と〈結婚実習〉しませんか？
鏡遊×七尾奈留
伝説のエロゲーコンビ
黒髪清楚なツンデレ乙女・
蜜姫月夜と禁断校内H!